ob₀ WISSELCOLLECTIES

Terugbezorgen voor

Hasan Özkılıç
GÖNLÜMÜN
ŞİRAZESİ
BOZULDU

Can Yayınları: 1725
Türk Edebiyatı: 503

1. basım: Mart 2008

Yayına Hazırlayan: Faruk Duman

Kapak Tasarımı: Erkal Yavi
Kapak Düzeni: Semih Özcan

Dizgi: Gülay Yıldız
Düzelti: Süleyman Asaf Taneri
Kapak Baskı: Çetin Ofset
İç Baskı ve Cilt: Özal Matbaası

ISBN 978-975-07-0932-6

CAN SANAT YAYINLARI
YAPIM, DAĞITIM, TİCARET VE SANAYİ LTD. ŞTİ.
Hayriye Caddesi No. 2, 34430 Galatasaray, İstanbul
Telefon: (0212) 252 56 75 - 252 59 88 - 252 59 89 Fax: 252 72 33
http://www.canyayinlari.com
e-posta: yayinevi@canyayinlari.com

Hasan Özkılıç
GÖNLÜMÜN ŞİRAZESİ BOZULDU

ÖYKÜ

CAN YAYINLARI

HASAN ÖZKILIÇ'IN
CAN YAYINLARI'NDAKİ
ÖTEKİ KİTAPLARI

ŞERUĽDA BEKLEMEK / *öykü*
ORADA YOLLARDA / *öykü*

Hasan Özkılıç, 1951 yılında Iğdır'da doğdu. Orta ikinci sınıfa kadar burada eğitim gördü. Ailesi, 1968 yılında Manisa'nın Turgutlu ilçesine işçi olarak göçtü. Eğitimine burada devam etti. 1973 yılında Turgutlu Lisesi'nden mezun oldu. 1974 yılında Ege Üniversitesi İşletme Fakültesi'ne kaydoldu, bu okulu 1980 yılında bitirdi. 70'lerin başında yazmaya başladı. İlk öyküsü 1974 yılında Demokrat İzmir Gazetesi'nde yayınlandı. Uzunca bir süre öykülerini dergilerde yayınlayan Özkılıç'ın ilk kitabı *Kuş Boranı* 1988 yılında yayınlandı. 2000-2005 yılları arasında İzmir'de Agora dergisini çıkardı. Kızı Öykü, 2000 yılında doğdu.

İÇİNDEKİLER

ONLARIN HİKÂYELERİNE DAİR...

Ayın şavkıyla sütbeyaza bürünmüş ovanın karnında, o dönüp dönüp anlatmaya doyamadığım, bize "su" veren, hayat veren büyük nehri geride bırakmış, şehre doğru yol alıyoruz. Faytonun üstünde, küçücük ellerimle kavradığım dizginleri büyük bir gururla, güvenle tutuyorum. Arada bir kamçıyla, atlarım Aloş'la Heşim'e şöyle bir dokunuyorum, el alışkanlığı... Gecenin ortasında, ben, atlarım ve faytonun yumuşak koltuğuna kurulmuş babam... Sanki koca ovada, o görkemli düzlükte bizden başka canlı yok; bütün varlıklar derin bir uykuda. Issız bir gece. Atların ayakları, trampet çubuklarının ahenginde toprağı dövüyor, yol altımızdan akıp gidiyor.

Babam anlatıyor, geçmişini, daha çok gençlik yıllarını. O zamanlar Kars'tan buraya, Iğdır'a öküz arabalarıyla yük taşıyorlar, yolculuk günlerce sürüyor; gece gündüz. Babam anlatıyor: "Dereye vurduk furgunları.[1] Tam derenin ortasında bir yağmur, ardından dolu, sanki kıyamet. Ne yapacağımızı şaşırdık. Bir an önce çıkmak lazım, yoksa sel götürecek öküzlerimizle, furgunlarımızla, bizi de..."

O yolculuk, bir dönüş yolculuğudur. Akşamın geç saatinde bir yolcu gelmiş, ben faytonun üzerindeyim,

---

[1] Furgun: Uzun, alçak boylu, dört tekerli araba.

babam ötede diğer faytoncularla sohbet ediyor, adam babamın bir tanıdığı. Acele köyüne gitmesi gerekiyor. Köyü Aras'ın kıyısında. İşte almışız adamı, köyüne bırakmışız, dönüyoruz ve babam anlatıyor; koltukta, ayağının birini diğerinin üzerine atmış, öyle bir güzel anlatıyor ki, atlarımın da dinlemek için kulak kabarttıklarını düşünüyorum...

Bir başka yıl, bir başka gün, bu kez arabacıyım şehirde. O yıl öyle bir mahsul var ki, sanki bereket yağmış toprağa. Bire bin vermiş toprak. Biz, arabacılar sabahtan akşama, soluk almadan çalışıyoruz. Bahçelerden kasa kasa sebzeyi şehirde bir dükkâna indirir indirmez bir başkası dikiliyor başıma, "Sür," diyor, "Acele!.. Kayısılar kasalarda bozuldu, sür!" İşte, nerdeyse kaçarak Şübe Sokağı'na kendimi atıyorum; atlarımla birlikte soluklanmak, bir lokma bir şeyler yiyebilmek, atlarımı da yemlemek için. Bir bakıyorum bir başka arabacı, benim en çok sevdiğim arkadaşım Hüseyin de sığınmış sokağa. Atların torbalarını takıp Yeşil Iğdır Lokantası'na koşarak gidiyoruz. Bu lokantanın yemekleri çok güzel. Bir başka gün de İranlı'nın lokantasına doğru yol alıyoruz, onun o meşhur "Bozbaş"ından[1] yiyeceğiz. Giriyoruz, ama kimi zaman müşteriler bizi gelip lokantada buluyorlar. Başımıza dikilip yemeği bitirmemizi bekliyorlar...

Bir gece, sabaha karşı bu kez benim gözümde dünyanın en büyük şehri olan bir şehirde, sokaklarında yol alıyorum. Bu şehir İstanbul, yol ise Kızıltoprak, Fikirtepe güzergâhı, bir kısmı tarla arası yollar. Caddebostan Gazinosu'nun inşaatında çalıştıktan sonra, patron içimizden bazılarını garson olarak ayırmış, onların arasında ben de varım. Patron bir film yapımcısı–yönetmen. Birinci gün, açılışta bütün Yeşilçam orada. Daha

---

[1] Bozbaş: Kulplu, çinko su bardağı biçiminde büyük bardaklarda, Asya kökenli baharatlarla fırında, tandırda pişirilen etli nohut yemeği.

bu ilk gece de çuvallıyorum, şef garsonum o yazlık bahçenin kalın gövdeli çam ağaçlarına bir boğa gibi tosluyor. Birden gazino doluyor, ben hayatımda garsonluk yapmamışım, adam öfkeden çıldırıyor. O gün işten atılacağımı düşünürken, o yaşlı, iyi yürekli patron çözüm buluyor. Beni, uzakta, müşterinin en az olduğu masaların şef garsona komi olarak veriyor...

Bir başka yaz günü, aradan yıllar geçmiş, ben yine köydeyim, ablamın bahçesinde, dış kapıdan, ufak tefek, yaşlı, dayım giriyor. Dayım, bir yoksul Kürt köylüsü. O güzel gülüşüyle bana doğru geliyor, ben de ilerliyorum, bahçenin ortasında sarılıyor, ellerini öpüyorum. Yaz günü, kalın giysilerin içinde yanaklarından terler akıyor; o tuzlu, sıcak teri yanaklarımı ıslatıyor. Oturuyor, bir iki hoş beşten sonra önceden duyduğum bir olayın nedenini soruyorum; "Dayı, duyduğuma göre soyadını değiştirmişsin, doğru mu?" Öyle yüzüme, elindeki mendille yanaklarından akan teri silerken, bir güzel gülümsemeyle bakıyor: "Evet, doğridir, değiştirdim gurban," diyor. "Neden?" diyorum. Anlatıyor, dayımın soyadı siyasal bir örgütün adına çok benziyor, ben de aynı düşünmüştüm, nedeni budur, demiştim kendime, söylediğimi doğruluyor. Ve diyor ki: "Bu örgüt, bu adamlar yaman vurucu kırıcı adamlarmış... Fakat ben bilmemişem, bunlar benim adımı nerden öğrendiler, kendilerine koydular, ha? Sen ne diyorsun?..."

İşte bunları anlatıyordum, yemeklerde, sohbetlerde çoğunluk yazar arkadaşlarıma. Onlar da hep, bunu yaz, mutlaka yaz diyorlardı, ama ben yazamıyordum. Başka hikâyeler yazıyordum, ta ki radyoda bir reklamı duyup da, sözü edilen ürünü satın almaya karar verdiğim güne kadar. O reklamda, TRT'nin arşivinden derlenen ve otuz üç halk müziği sanatçısının okuduğu üç CD'de toplanmış kırk iki uzun havanın, bozlağın duyurusu yapılıyordu. Bu halk sanatçılarını çocukluğumdan biliyordum. Sesleri, okudukları türküler, uzun havalar kulağımda, gönlümde olan sanatçılardı. Aldım bu CD'yi ve çok eskilere gittim dinledikçe. Unuttuğum birçok anı, yaşanmışlıklar, duygular; çocukluk arkadaşlarım, dostlarım, birlikte yollara düştüklerim, ilk sevdalar birer birer yeniden canlandı; yeniden yaşadım o günleri. Sonra, bir 25 Mayıs günü defterimin bir sayfasından başladım, ilk öyküyü yazmaya koyuldum. Son ve dokuzuncu öyküyü de yazıp bitirdiğimde tarih 11 Haziran'dı.

O güne kadar yazmak isteyip de ertelediğim öyküler böylece kısa bir zamanda yazılmıştı. Tabii bunlar, ilk yazılışları, ham haliydi; trans halinde, coşkuyla yazılmıştı. Sonra bugüne kadar, bu öykülerle boğuşup durdum. İtiraf ediyorum, birçoğunda gözyaşlarımı tutamadım. Önceden yazdığım bir öyküyü da kattım içlerine ve işte bu kitap çıktı ortaya.

Hayat ne garip!.. Demek ki bendeki bu duyguları, bu birikmişliği bir tetikleyen gerekliydi, bir rastlantı sonucu onu buldum. Eğer, bir araba yolculuğunda, TRT 4'te, o duyuruyu dinlememiş olsaydım, bu öyküler belki de hiçbir zaman yazılmayacaktı. Ne rastlantı!..

30 Ekim 2007
URLA

NALBANT

"Oğul oğul
Bala sarhoş
Beşikte bala sarhoş
Hana bir nalbant gelmiş ey
Mıh vurur nala sarhoş
..."

(Uzun Hava)
Yöre: Erzurum
Kaynak kişi: Muharrem Akkuş
Okuyan: Aysun Gültekin

"Şehre bir nalbant gelmiş," dedi Musa.

Duvarın dibinde, atların ayağının ucunda uyukluyordum. Arada bir gözüm Aloş'un ha düştü ha düşecek nallarına takılıyordu. Başımı kaldırdım, Aloş da duymuştu sanki onu, kulaklarını dikti.

"Ne dedin?.. Kim gelmiş?" diye sordum, duyduğumu doğrulatmak için.

Sanki günlerdir bir nalbant bekliyorduk atlarımla birlikte. Biliyordum, artık onları nallatmam elzem olmuştu. Çala çukur şosede, ağır yüklerin altında, nal diye bir şey kalmamıştı ki ayaklarında. Musa'nın demesiyle, atlarımın nalları çoktan "nalları dikmiş"ti. Zaten Aloş'la Yıldız da ikide bir pofur pofur pofurdayarak bana karşı sitemlerini dile getirmiyorlar mıydı? Gözlerinde okuyordum, yumruk büyüklüğündeki mıcırın, keskin, bıçakağzı kara taşların ayaklarında bıraktığı sızıyı.

"Şehre bir nalbant gelmiş... Yeni gelmiş, dedim. Yani diyorum ki bir gidip sorsak ha?.. Nasıl bir adammış? İyi biriyse, paragöz değilse tabii, bu bizim sobacı nalbanttan, Mirze Kişi'den de kurtulmuş oluruz, diyorum."

Mirze Kişi, sobacı nalbant! Adı üzerinde, sobacı. Nalbant yokluğundan atlarımızı ona nallatıyorduk; mecbur. Olan atlarımıza, güzel tırnaklarına oluyordu. Mıhı, tenekeye çakıyordu sanki vicdansız. "Teneke değil bu tırnak, tırnak Mirze Kişi!" diyemiyorduk ki. Sinirlendi mi, kızdı mı, iki dudağının arasından mıhı, elinden de çekici atıp kalkıyordu. Sonra gönlünü al-

15

mak, yeniden Aloş'un pamuk kimin[1] yumuşak ayağını dizinin üstüne koydurmak, "dünyada olmaz iş" oluyordu. Bir saat dil dökmek yetmezdi. Nuh der peygamber demez, atlarımızla yalınayak yola düşmek zorunda kalırdık. Bunun içindi çaresizliğimiz, mecburiyetimiz. Öyle üzgün bakardık içimiz kan ağlayarak. Atların ayakları idareden düşerdi. O güzelim sedefler mıhın sivri uçlarıyla parça parça dökülürdü.

"Kimden duydun?"

Arabamızı yine Şube Sokağı'na çekmiştik. Dinlenme saatimiz bu an, atların da yemlenme vakti. Şube Sokağı... Bir solucan gibi kıvrılıp giden sessiz, soluksuz sokak. Dikenli tellerin ardında nöbete duran askerlerin gelene gidene şüpheli gözlerle baktığı, onlarınsa bir suçlu gibi bakışlarını kaçırdığı sokak. İnsandan çok kuşların, başıboş köpeklerin, kedilerin cirit attığı, sessizliğin, durgunluğun, kimsesizliğin yurdu. Belki de bu yüzden buradaydık; böyle bir sokak, bana benzeyen...

Fazla araba girip çıkmaz bu sokağa. Sokağın müdavimleri çokluk, saksağan, kargalar, bir de serçeler. Atlarımızın terslerindeki arpaya geliyorlar. Sokağa girdiğimiz an etrafımızı sarıp, gözlerini atlarımızın kıçına dikiyorlar. Ayağımızın dibindeler işte. Çevremizde cirit atıyorlar. Dokunuyorlar, sürtünüyorlar bize. Onlardan biri şu topal saksağan. Yampiri yampiri yürürken, kendinden uzun kuyruğu da yeri süpürüyor... Arada başını diker gökyüzüne, göğün derinliğini dinler. Belki de gönlü, katar tutup uzun yolculuklara çıkmış göçen kuşlardan biri olmayı ister. Onların kanat vuruşlarını dinler. İçinden kocaman bir "Aaah!" çeker. Onlardan bir olmadığına, yollarda olmadığına, kanat vurup göğün derinliklerinde, özgürlüğün tadını çıkarmadığına yanar belli ki. Kahreder topallığına. Kahreder, bura-

[1] Kimin: Gibi.

larda, atların ayaklarının dibinde süründüğüne. Sonra unutur bütün bunları. Gerçeğe, bizimle mutlu olmanın gerçeğine kaptırır kendini... Sonra bücür serçeler... Bir avuç, bir yumak onlar. Nasıl da pat orda, pat burada, coşkuyla sıçrayıp dururlar etrafımızda. Hiç dertleri yok sanki. Kendilerinden büyüklerle barışıklar hep. Yerlerini, nerede olduklarını bilirler, hadlerini de. Bunun içindir ki her yerde özgürce koştururlar. Bir de şu bir gözü kör, şişko karga. Kara karga. Ne işi var bunların içinde? Tembelin biri.o. Gözünün birini nerde yitirdi, kim bilir? Obur mu obur. Ye ye doymaz. Sanki eksikliğinin acısını yiyebileceği her şeye saldırmaktan çıkaracak. Bazen öbürüyle, topal saksağanla birlikte bu da gökyüzünü dinler. Fazla sürmez, normal hayatına döner. Sağlam gözü bir de keskin ki. Atların ayağını altına sıkışıp kalmış bir tek arpa tanesini bile ta uzaktan görür, yelpelene yelpelene yürür, göz açıp kapayıncaya kadar alır onu ordan. Duvar başlarında, kavakların sırık uçlarında tüneyip duran, arada, "gak" diyen hemcinslerine bakar kimi zaman. Şimdi uçacak, onlara karışacak, derim içimden. Nerdee... Kanadını oynatmaz. Başını indirir yere, yine buraya döner, biimle, tembel hayatına...

"Gördüm," diyor Musa.

"Neyi gördün?"

"Ya nerdesin? Ne anlatıyorum ben, deminden?

"Tamam, anlat, dinliyorum."

"Nalbantı gördüm. Melekli'ye yük aldım sabahtan. İncesu'dan geçiyordum, adam gösterdi, yükünü sardığım adam. Gözlerini atlarımın ayağına dikmişti. 'Bunların nalları gitmiş, yazık hayvanlara. Sen olsan, sabahtan akşama kadar bu bozuk yolda, çıplak ayakla gezebilir misin? Nallar da atların ayakkabılarıdır, eskidi mi değiştirmen lazım,' dedi. Ses etmedim. Bilirsin, her yük vuran atlarla ilgili öğüt verir. Doğru düzgün nalbant yok, dedim. Bana, 'Şehre yeni gelen nalbanttan haberin yok mu?' dedi. Yok, dedim. Tam o zaman sanayi köprüsünün yakınından geçiyorduk, onu gösterdi. 'Bak o adam, nalbant,' dedi. 'Gümüşhane'den gelmiş. İyi bir nalbant olduğunu söylüyorlar,' dedi. Baktım yanından geçerken, bir atın ayağı kucağındaydı. Gözlüklü, yaşlı bir adam. Üzerinde önlüğü, atın ön ayağını dizlerinin üstüne yatırışından, tutuşundan anladım işinin ustası bir nalbant olduğunu... Akşama çekelim atları bu adama, bir görelim, konuşalım."

Burada, bu şehrimizde tam on dört arabacı var. Onları düşündüm, sobacı Mirze Kişi'nin bizi hep kazıkladığını, kimi zaman da yüzümüze bakmadığını, atlarımızı nallamadığını, terslediğini düşündüm. Ne iyi olacaktı, ne iyi. Bu paragöz sobacıdan kurtulacaktık, birden sevindim. Hemen gitmek, görmek istedim. Atlar, yavaş yavaş yediklerini öğütüyorlardı; tatlı, dinç bir gevişteydiler.

Az önce yemeğimizi İranlı'da yedik. Karnım tok. Gözlerime uyku iniyor perde perde. İranlı'nın yemekleri hep uykumu getirir. Neredeyse lokantada uyuyup kalacağım. Yemeklere esrar mı koyuyor ne? İranlı bu, belli olmaz. Kaç yıl oldu lokantayı açalı? Nasıl da zengin oldu kısa zamanda öyle. Burada, bu küçük şehrimizde, son zamanlarda hep İranlı konuşulur oldu. Adamın bir ayağı İran'da. Kim bilir daha neler getiriyordur oradan; burada olmayan, pahalı satılan nice mallar?

"Bu İranlının yemekleri uykumu getiriyor," dedim Musa'ya. "Aklıma esrar geliyor. Yoksa yemeklere esrar mı koyuyor?"

"Ne?.. Esrar mı koyuyor? Nerden çıkardın bunu?.."

"Orda yemek yedikten sonra hep uyku bastırıyor."

"Olacak şey mi ya senin dediğin? Esrar pahalı bir şey, kim kuru fasulyeye koyup satar? Sen de uydun bu dedikoducnlara. İranlı'yı çekemeyenler daha neler uyduracaklar, neler... Sabahın köründe, kurttan kuştan önce düşüyoruz yollara. Bundandır oğlum, uykusuzluktan... Ama İranlının bozbaşı var ya... adamın parası olacak hep bozbaş yiyecek... Anasını satıyım, ne olursa olsun, gel yarın bozbaş yiyelim ha?"

Benim aklım esrarda kalmış. Yalnız Musa'nın dediği de doğru. Esrar ucuz bir şey değildir ki. Getirse bile yemeklere koyamaz. Hem esrar koysa bütün insanlar uyur. Oysa bir tek uyuyan benim. Musa da benim gibi değil. Hayret! Bir yatsam, bir gün öğlene kadar yatsam, bütün uykularım bitecek. Uykusuzluğum bitecek! Bir gün yatsam...

Şu topal saksağana bak, nasıl da sürükleyerek götürüyor ayağını. Git yat!.. Git ağaçların gölgesine, vur sırtını çimlerin üzerine, uyu mışıl mışıl. Bu sıcakta, bu tozun, bu cehennemin içinde ne işin var? Git, kış!

"Ne yapıyorsun?"

Duydu "kış" dediğimi Musa.

"Bu hayvanlarda hiç akıl yok, diyorum. Akşama kadar sıcağın altında dolanıp duruyorlar. Ne kadar karınları var ki? Çoğu zaman oyalanıyorlar. Ben onların yerinde olsam..."

"Gidip yatarsın."

"Nerden bildin?"

"Oğlum gözlerin açılmıyor ki. Sırtını o duvara verdin mi uyuyorsun."

"Hadi ordan!" dedim, kalktım. "Yürü, gidiyoruz. Gidip görelim, nasıl bir nalbantmış, kaça nallıyormuş atları."

"Tamam," dedi, "atlar da doydu nasılsa gidelim. Ben de adamı merak ediyorum."

Atların yem torbalarını aldım, "Yeter şimdilik," dedim, okşadım Aloş'u. Bizim kör topal kuşlar şöyle bir uzaklaştılar, bindim yaylıya.

"Hadi gidiyoruz," dedim, kamçıyı hafiften dokundurdum atlarıma, Şübe Sokağı'nı çıktık Musa'yla peş peşe, İncesu'ya yöneldik.

Hava sıcak, güneş yakıp kavuruyor ortalığı. Gözlerim kamaşıyor. İnsanlar dükkânların önlerine, duvar diplerine çekilmişler. Bir askeri cip yanımızdan hızla geçip uzaklaştı. Arkada, cipin içinde, bu sıcakta sıkı sıkı kuşanmış askerler oturuyorlardı; suskun, durgun. Köprübaşı'na doğru atlarım tırısa kalktılar...

Bir öğlen sonrası, atın ayağının dibine çökmüş, dizinin üstüne yatırdığı ayağı gözleriyle okşuyordu. At, torbasındaki yemini ağır ağır yerken, arada bir dönüp ona bakıyordu; yaşlı nalbanta. Sanki gözleriyle soruyordu ona, daha bitmedi mi?

Bazen olur, biriyle ilk karşılaştığınızda, sanki onu yıllardır tanıyormuşsunuz gibi gelir size. Kaşı, gözü, bakışları, sesi; size öyle tanıdık gelir ki, onu daha dün görmüş, onunla daha dün konuşmuş gibi bir duyguya kapılırsınız. İster istemez ona başka türlü davranırsız. İşte bu yaşlı adamı gördüğüm an böyle bir duygu içine düştüm birden. Onu sanki yıllardır tanıyordum. Görmüştüm, önceden görmüştüm; yüzünü, kalın kaşlarını, rengi hafifçe ağa çalan gözlerinin bebeğini, kırlaşmış, seyrelmiş saçlarını; derinlerde, hüzünlü bakışlarını; çile çekmiş adam halini... Evet onu tanıyordum; onu sanki düşlerimde görmüştüm. Bunları düşünüyordum, kime benziyor, diye içimden geçiriyordum ve geçmişe gidiyordu düşlerim... Annem vardı o düşlerde, bana babamı anlatıyordu. Bana uzaklara gitmiş bir nalbantı anlatıyordu. Ama biliyordum artık, biliyordum, babam uzaklara gitmemişti. O uzun yıllar boyunca dönüp geleceğini beklediğim babam uzaklarda değildi; dönüp gelmeyecekti. Annem beni bu hayalle avutmayı sürdürüyordu sessiz sedasız. Biliyordu da bir yandan, biliyordu ki ben artık yetişkin masalı dinlemek istiyordum. Bunu da biliyordu, ama ne yapsın ki, bana anlatacağı, inandıracağı yetişkin masalı da yoktu. Ben de ona bir türlü, "Anne ben büyüdüm. Anne ben yarıda bıraksam, sonunu getirmesem de bir okul okudum, bak, orta üçe kadar okudum hem de. Sen de bunu anla artık; bu hayatla, bu çetin ekmek kavgasıyla piştim. Masala inanacak yaşı çoktan geçtim," diyemiyordum. Çünkü biliyordum ki, her ne kadar büyüsem de, her ne kadar o bunu zaman zaman kabullense de, ben yine de çoğu zaman onun için hâlâ o küçük, üzerine titrediği, gözyaşlarını gizlediği oğluydum...

Şehrimize bir nalbant gelmişti. Uzaklardan gelmişti. Benim babam da nalbantı. Benim babam da, annemin anlattığınca uzaklara gitmişti. Peki neden, uzaklardan gelen bu nalbant bana babamı anımsatıyordu? Nalbant!.. Akşama bunu anneme söylesem mi? Şehre bir nalbant gelmiş, uzaklardan gelmiş anne, desem mi?

Bunları düşünürken, bu kısa boylu, şişman, gür kaşlı adama bakıyordum. Sanki o da baktığımın farkındaydı, alttan alta beni gözlüyordu; atların etrafında dolanırken.

Biz ona bir merhabayla yaklaşmış, öyle bakmıştık yüzüne, sessiz, yabanıl. Atlarımıza bak dememiştik ki. O kendiliğinden kalkmış, önce benim, sonra da Musa'nın atlarının nallarını kontrol ediyordu şimdi.

Atları okşadı, elledi, sonra gelip Aloş'un sağ, ön ayağını kaldırdı, dizinden kırdı, kendi de çömeldi ayaklarının üstüne, atın tırnaklarının arasından taşları bir bir temizledi. Bir doktorun hastasına baktığı gibi acele etmeden, uzun uzun inceledi. Hayret, yabancıya karşı hep tepkili olan, yanına yaklaştırmayan Aloş, öylesine uysaldı ki, kılını bile kıpırdatmıyordu. Sanki bu adam onun nalbantıydı, arada bir boynunu kırarak yan yan, bir hoş bakıyordu.

Nalbant dört atı da tek tek bir güzel kontrol etti, inceledi ayaklarını, gelip küçük dükkânın önünde, önceden üzerinden kalktığı sandalyesine oturdu.

"Bakın çocuklar," dedi, "atlarınızın ayağı bir adım daha gidecek halde değil. Kim nallamışsa bilmiyorum, çok kötü, çok acemi işi. Nallar hemen sökülüp atılmalıdır."

Musa sağımda duruyordu, dikilmişti. Atlara baktı, sonra adama döndü:

"Kaça nallarsın amca?" diye sordu. Adam baktı Musa'ya, sonra kalktı, girdi dükkândan içeri, radyonun düğmesini çevirdi, bir tütün tabakası, bir kibritle döndü. Yine sandalyeye oturdu.

"Çekin şu tabureleri, ayakta durmayın," dedi. Dükkânın içinden iki tabure aldı Musa. Birini bana uzattı, birine kendisi çöktü...

Ben başka yerdeyim. Bu adam neden bana tanıdık biri gibi geliyordu? Bu ara radyoda saz, bir uzun havaya giriş yapmıştı. Ardından, sonraları hep kulağımın arayacağı o güzel ezgiyi bir kadın, öylesine yanık, öylesine içli okuyordu ki, bir garip oldum yine. Sık sık olurum ya... Kendime bunu itiraf ettim, evet ben hep böyle olurum. İçli bir türküde, bir uzun havada hep bir garip olurum. Şu anda yine böyle, nerdeyse ağlayacağım. Kadın ince sesiyle;

"Oğul oğul!.." diyordu. Sonra sürdürüyordu. Susmuştuk, atlarımız da; hep birlikte radyoya kulak kesilmiştik.

Adam tabakasını açmış, tütününü sarmaya koyulmuştu; ince, tül kâğıda. Çok ciddi bir iş yapıyor havasında, nalları kontrol eden usta elleri şimdi sarı, kehribar tütünü okşuyordu uzun havayı dinlerken. Sonra, Musa bana baktı, ne yapacağız, der gibi. Bir işaret alamadı benden, adama döndü,

"Biz çok kazanmıyoruz," dedi. "Pahalı olursa belki de nallatamayız."

Adam, öyle sıcak, öyle sevecen bir ses tonuyla, ağır ağır konuştu ki, ben şimdi ona daha çok yakın hissettim kendimi. Dedi ki:

"Ben de çok arabacılık yaptım. Hem de arabacılığa başladığımda sizden küçüktüm. Hem de araba benim değildi, sahibi anca karnımı doyuracağım kadar para veriyordu. Bilirim arabacılığın çilesini."

Radyoda yanık ses, o kadının sesi, şimdi daha bir acıyla sesleniyordu;

"Oğul oğul!"

"Uzun havaları da bu kadın çok güzel söylüyor be! İçime yudum yudum ağu doluyor dinlediğimde... Neyse, ne diyordum, arabacılık zor, çileli iştir. İlk nallamamdan para almayacağım sizden. Bunu atlar için yapacağım. Onlar bu ayakla, dedim ya, bir adım daha gidemezler."

Musa'nın yüzü aydınlandı birden. Bana baktı inanmamış bir gözle, sonra nalbanta döndü,

"Hiç mi para almayacaksın amca?" diye sordu.

"Hiç almayacağım, evet."

Ben neden Musa'nın yaşadığı sevinci yaşamıyordum ki? Neden bir gariplik çökmüştü üstüme?.. Ben zaten bir garip değil miydim? Bir gariptim, bunu en çok annem söylerdi. "Garip oğlum," derdi bana. "Garip oğlum!"

İşte o adam, nalbant çoktan işine koyulmuştu. Biz, hayran hayran onun usta ellerini izliyorduk. Ben çok değişik duygular içinde, nice zaman sürdüğünü anlamadan baktım adama; ellerine, kısa boyuna, küt parmaklarına, iyice beyazlamış saçlarına, sırtında çoktan solmuş, ama temiz, tiril tiril gömleğine. Ve sanki hep o uzun hava çaldı radyoda: "Oğul oğul, hana bir nalbant gelmiş... oğul oğul bir yanım kurt kuş yemiş..."

"Bitti işi. Atlarımız yeni pabuçlarını giydiler!"

Musa söyledi, bitti. Bak Musa! Gör onları. Ayaklarının birini kaldırıp diğerini indiriyorlar. Bak Musa! Yerlerinde duramıyorlar. Heyecan, sevinç içindeler atlarımız. İlk kez onlara böylesine usta eller nal çaktı. İlk kez tırnaklarını mıh parçalamadı. Bak Musa! Bir de bana bak!.. Kimdir bu şehre gelen nalbant? Bak Musa, bak güzel arkadaşım! Sana da bir tanıdık, sana da bir yakının gibi geliyor mu; bu yaşlı, şeker gibi adam? Bana öyle geliyor, neden? Yoksa, benim uzaklara giden, bir gün geleceği söylenen, ama bir türlü gelmeyen babam gibi, bu uzaklardan gelen adam da bir nalbant olduğu için mi; bendeki bu gariplik, bu hüzün? Söyle Musa, söyle sevgili arkadaşım, yoldaşım! Benim babam artık gelmeyecek, nalbant babam, değil mi? Çünkü o öldü Musa! Öldü benim babam, gelmeyecek!.. Öldü de, annem başlattığı yalandan bir daha dönmedi, değil mi? Dönüp de, ben sana yalan söyledim yıllardır oğlum, senin baban uzaklara gitti, ama çok uzaklara, bir daha gelmeyecek, diyemedi... Diyemedi elbet. Ama keşke deseydi Musa! Deseydi de benim gözüm yıllarca yolda kalmasaydı. Gözümü yolda koymasaydı Musa, yoldaşım!..

Yaylıya yürürken sordum ona, nalbanta:

"Senin adın nedir amca?" dedim.

Durdu, gözlerimin içine baktı.

"Benim adım Meyti'dir," dedi.

Meyti?.. Nasıl bir isim öyle, hiç duymadım. Sonra ona:

"Sağ ol Meyti Amca, çok sağ ol. Bir gün borcumu ödeyeceğim sana," dedim.

"Yok yok! Borcunuz yok bana. Sonraki nallamalarda alırım. Şimdi borcunuz yok. Ama siz bana uğrayın arada. Atların nalları yeni. Ayaklarına iyice oturup oturmadığını kontrol etmeliyim."

"Peki Meyti Amca, eyvallah," dedim.

"Güle güle."

Ne kadar orada kalmıştık, saat günün hangi saatiydi, akşama çok mu kalmıştı, bilmiyordum. Musa'yla peş peşe düştük yola. Şehrin içinde, parke taşı döşeli ana caddede, atların ayak sesleri trampetti sanki. Dükkânların önünde, taburelere oturanların, dönüp dönüp bize baktıklarını gördüm, çok gururlandım. Musa'ya baktım, sevinçten kanatlanacaktı nerdeyse...

Anneme dedim ki; yemeğin üzerindeydik, önümüzde sini, annem yine bozbaş pişirmiş, bir de üzümlü süzme pilav, anneme dedim ki:
"Anne!"
Bana baktı, kaşığı havada, öyle:
"Ne?" dedi.
"Şehre bir nalbant gelmiş... Atlarımızı bedava nalladı."
"Nalbant mı?"
Kaşığı hâlâ havadaydı.
"Evet, nalbant."
"Nasıl adam, adı ne?"
"Biraz yaşlı. Kısa boylu, gür kaşlı, iyi bir adam."
"Adı neymiş?"
"Tuhaf bir adı var. Hiç duymadım şimdiye kadar."
"Eee?"
"Adı, Meyti."
Annemin kaşığı siniye çarptı, gözleri donup kaldı.
Sahi annem de söylemez miydi? Bizi hiç arayıp sormayan o vefasız amcalarım, halamlar, Gümüşhane' de yaşamıyorlar mıydı?..

DİYARBEKİR DOLAR ŞİMDİ

"Oğul oğul
Diyarbekir dolar şimdi
Dolar dolar boşalır şimdi
......."

(Uzun hava)
Yöre: Diyarbakır
Kaynak kişi: Hasan Hüseyin
Okuyan: Neriman Tüfekçi

Sadık Hidayet'in anısına

O geniş, ufku sonsuzluğa uzanan caddede yürürken, bir anda oldu her şey.

Bir anda oldu!

Bunu anlatmak kolay değil; bir anda, habersiz olanı.

Nasıl anlatırsa anlatsın eksik kalacak, bunu biliyor. O anı, daha şimdi geçen o zamanı.

Eliyle tutabilse! Çekse, uzatsa, çekse uzatsa...

Yakalayabilse! Koysa avucunun içine, daha çok gecikmeden!

Öyle anlatsa, belki...

Anlatabilir mi?

Anlatabilir mi?

....

....

....

Bir anda şehir insan seline boğuldu. Sokaklar, caddeler, evlerin balkonları, çatılar, dut ağaçlarının yeşil yapraklarının arası; bir anda insan gözleriyle doldu. Bir anda gök karardı, bir anda araçlar yavaşladı, bir anda bütün gözler üzerime dikildi. Öfkeli miydi kalabalık, hırçın mı, küskün mü, hiddetli mi, belli değildi. Bana bakıyordu; bir anda, milyonlarca insan, milyonlarca göz bana bakıyordu.

İşte orada, o milyonların içinde yalnızca biri, evet evet, yalnızca biri bana bir başka bakıyordu, inanın. Bir başka bakıyordu; nasıl anlatsam bir başkalığı? Şöyle: Kırgın, darılmış, gücenmiş, mahzun bakıyordu bana. O milyonlarca gözün içinde, o milyonlarca kalabalığın içinde o göz bana öyle bir bakış bakıyordu ki; içim eziliyordu, içim kırılıyordu, içim paslanıyordu. Bana dedim ya!..

Adımlarımı açtım, hızlandım, ama gidemedim. Şehir dolmuştu. Şehir soluksuz dolmuştu, milyonlardan bana yol yoktu. İnsan etinden, insan kokusundan, insan öfkesinden bir duvar örülmüştü; evet evet! Etten bir duvar örülmüştü önüme, geçmem imkânsızdı. İşte bu etten duvarı geçmeye çalışırken, o göz, o küçüklüğünden, nerdeyse doğduğu günden beri tanıdığım o bir çift kara göz ensemdeydi, burnumun ucundaydı, gözümün önündeydi. Kaçmak istiyordum. Kaçıp uzaklaşmak istiyordum. Uzaklaşıp kurtulmak istiyordum; ama bir adım bile gidemiyordum. Milyonlarca parmak sallanıyordu üstüme. Tehdit ediyordu, işmar ediyordu, gidemezsin, kurtulamazsın, diyordu. Ona bak, diyordu; duvarlardan, pencerelerden, çatılardan, dut ağaçlarının arasından uzanan başlar; ona bak!.. Orada neler görüyorsun, o gözlerde, bir çift kara gözde, o kaşlarda, o yüzde, o saçlarda? Ona bak! Boynuna bak, diyordu milyonlarca dil, boynuna bak! İyi bak, ize bak!.. İpe bak, ip izine! Kim o? İyi bak, diyordu milyonlarca göz. O zaman, işte o zaman tüylerim demirden diken olup etime batıyordu. O kadar çok bak, diyorlardı ki, kulağımın zarı patlıyordu. Ve, ve dönüp ona, o sanki yüz yıldır tanıdığım yüze bakıyordum. İşte o bakışların birinde seslendi. Tam o bakışta öyle bir seslendi ki, yüreğime kor düştü, yüreğim yanıp kül oldu.

"Ağabey!" dedi. Yalnızca, "Ağabey!"

Öyle bir dedi ki, orada, o milyonların içinde, "Ey

ölüm, ey kurtarıcı ölüm, ey ölümlerin şahı padişahı, ey ölümlerin ölümü; gel, gel ne olursun gel! Gel, gel canımı al, beni öldür!" diye yalvardım. O yine seslendi:

"Ağabey!"

Sonra şehir bir kez daha dolup taştı. Surları aştı kalabalık, dağları aştı; Karacadağ'ı, Dicle'yi, Kızılırmak'ı, Toroslar'ı, Aladağlar'ı, Ağrı'yı; milyonlar, milyarlara dönüştü; hep bir ağızdan:

"Duydun mu? Duydun mu, sana seslendi. Sesindeki sızıyı, sesindeki kırılmışlığı, bir ceylanın ürkekliğini, bir tavşanın seslenişini duydun mu?"

Sonra en yüksek, en korkunç sesleriyle, milyonlarca gök gürültüsü gibi gürlediler, kulaklarımın zarı patladı.

"Duydun mu bacının seslenişini? Duydun mu? Söyle, nasıl kıydın ona?!.."

"Ben kıymadım, ipi ben çekmedim!" dedim, onu bildim ki, elektrik direğinin dibine çöküp kaldım; iki dizimin üstüne, sonra o karanlığa yuvarlandım. O karanlığa ki, hep karanlık değildi, arada şimşek çakıyordu, önce babamı gördüm, uzun kara sakalını, hiddetli gözlerini, ağzından akan salyaları.

"Öldürün! Tez öldürün! Tezden temizleyin bu kiri!" diye bağırıyordu.

Ben ortadaydım, küçüğüm Metin sağımda, büyüğüm, ağabeyim Hamza solumda. Karanlıkta, çakan şimşeklerin ateşi babamın ağzından çıkıyor, üzerimize ağıyordu. Oradan kaçıyordum, ardıma önce babam, sonra kardeşlerim düşüyordu. Sonra birden karanlığa gömülüp izimi kaybediyordum. Oh, kurtuldum, derken, tam işte orada, orada bacımı görüyordum. Ondan en az otuz yaş büyük kocası Süleyman, zorla soyuyordu, yatağa sürüklüyordu; gel diyordu, kardeşim direniyordu. Yüzü kötüydü, yüzü karaydı, korkuluydu, mutsuzdu kız kardeşimin. Sonra onu takip ediyordu, bir kirli yatağın içinde, kirli koynuna bırakıyordu körpe bedenini. Adam, kardeşimi bir vahşi hayvan gibi altına alıp boğuyordu. Yine o gözler, o yalvaran, beni kurtar, diyen onun gözlerini görüyordum karanlık odada, kirli yorganın altında. Onu görüyordum ve hemen kaçıyordum oradan, uzaklaşıyordum; kol çırpıyordum, gövdemi boşlukta çırpıyordum; bir güzel bahçeye, çiçeklerin, güllerin, yeşilin içine dikiyordum ki gözlerimi, yine bacım orada. Bu kez beni görmüyordu. Bu kez güzel yüzünde çiçekler açıyordu. Yanında, benim de bildiğim, sevdiğim oğlan vardı: Musa. Diz dize oturmuşlar çiçeklerin içine; diz dize, göz göze, elleri oğlanın avuçlarında; bir güzel konuşuyorlardı; etraflarındaki bütün canlı, cansız ne varsa, neşeden, sevinçten uçuyordu...

İşte onları keyifle seyre dalmıştım ki, babamın pençeleri beni yakamdan yakaladığı gibi boşluktan çekip alıyor, ahıra sokuyordu. Hani o onlarca mandanın, öküzün, dananın girdiği ahıra. Oradaydılar. İki kardeşim, gözleri dönmüş kardeşlerim, kan bürümüş kardeşlerim ve aralarında o ürkek ceylan, bacım. Bana öyle bakıyordu ki, bakışları delip geçiyordu gövdemi; gövdem zangır zangır titriyordu.

Ağabeyim bana;

"Bak! Sende o yürek yok! Sende o namus yok! Bak şimdi nasıl temizlenecek şerefimiz, namusumuz," diye hiddetle bağırıyordu. Bu onun sesi olamazdı, o olamazdı, ne yapacağımı şaşırıyordum.

......

Kulaklarım zonkluyor. Gözleri, bacımın gözleri beni öldürüyor. Ama o bağırıyor hâlâ, ağabeyim:

"Baak!"

Bakıyorum. İp boğazında, diz çökmüş. Bir ucunda biri, diğerinde öbürü, çekiyor. O küçük, güzel gözleri büyüyor. Kısık sesiyle, dudaklarının arasında hırlıyor.

"Ağabey bana acı! Ağabey bana acı!"

Karanlık, zifiri karanlık! Dünya karaya kesiyor. Gözlerimi kapatıyorum. Görmek istemiyorum karanlığı. Olmuyor, karanlık kafamın içinde. Karanlık oyuyor gözlerimi ve şu gördüğüm milyonlar, şehre dolanlar... koptu, ip koptu, benim boynuma dolandı... karanlık, karanlık, karanlık... kar... an...lık

....

....

....

"Hemşerim! Hemşerim!"

Başını kaldırıyor, bakıyor. İki kişi, diz çökmüş ona bakıyor.

"Hasta mısın?"

"Ne?"

Diğeri, yanındakinin kulağına eğilip, kısık bir sesle,

"Sara hastası bu galiba, ağzındaki köpüğe baksana," diyor.

Duyuyor.

"Yok! Değilim, saralı değilim."

Birden dönüyor, sağına soluna, evlere, caddelere, sokaklara, çatılara, balkonlara bakıyor.

"Şehir boşalmış!" diyor.

"Şehir ne olmuş?"

"Boşalmış," diyor.

Birisi, uzun boylu olan:

"Sen hastasın galiba? Ver elini!.. İstersen sana bir taksi çağıralım?"

"Yok, yok! Sağ olun, taksi istemez, ben iyiyim, kendim kalkarım."

Kalkıyor. Sırtını elektrik direğine dayıyor, bir süre öyle kalıyor. O iki adam uzaklaşırken, ardından sesleniyor:

"Burada karakol var mı? Karakol nerede?"

"Karşıda ya."

Dönüp bakıyor, birden anımsıyor. Çok iyi bildiği bir yer orası, karakol. Oraya gitmek için yola çıkmıştı. Oraya gitmek, anlatmak...

Yürüyor, arabaların arasından geçiyor, karakolun önündeki polislerden uzun boylu olanı, kendilerine doğru gelen adamı görüyor, duruşunu değiştiriyor.

KEMENT ATTIN
KOYDUN BENİ TUZAĞA

"Kement attın koydun beni tuzağa
Kurtulamam kader senin elinden
Terki diyar etsem gitsem uzağa
Kurtulamam kader senin elinden
...."

(Uzun Hava)
Yöre: Sivas (Divriği)
Kaynak kişi: Kemal Demir
Derleyen: Muzaffer Sarısözen
Okuyan : Aliye Akkılıç

Bağda, kayısı ağacının altındasın. Sırtını vermişsin ağacın gövdesine, orada, öyle epey zamandır sessiz soluksuz oturuyorsun. Sonunda dayanamadım. "Kalk," dedim. "Kalk!.. Bu halin beni boğacak, kalk! Ne yapacaksan kalk, yap!.. Ben hazırım. Vazgeçtim seni ikna etmekten, kalk!"

Konuşmadın, kalktın. Düştün önüme. O büyük caddeyi, sokakları geçtik, şehri geride bıraktık. Sonra o sözler döküldü dilinden. Hani o yanık bir sesle Aliye Akkılıç'ın okuduğu uzun havanın sözleri. Son zamanlarda dilinden düşürmediğin, söyledikçe dolduğun, dolup dolup çoğu zaman gözyaşlarıyla boşaldığın sözler: "Kement attın koydun beni tuzağa."

Nice sözdü öyle, nice yakıcı, ben bilirim. Ben bilirim, her sözcüğü yüreğindeki koru körükler, ateşini yükseltir. Ben bilirim sende açtığı yaraları, çoğu dostların haberi yok. Ben bilirim imkânsızlığını, çaresizliğini. Altından kalkamazsın Yakup, ben bilirim...

İşte yine dilinde o sözler, az önce söyledin, "Kement attın..."

Nasıl olmuştu da gidip bir imkânsız sevdanın girdabına düşmüştün? Bizim toprağımızın özelliği mi bu, böyle sevdalara batıp batıp çıkanlardan geçilmez Yakup? İmkânsızlığın çekiminden, güzelliğinden mi bunca çokluk? Ne çok hikâye anlatılır bu "düzde"[1] imkansız sevdalar üstüne. Ne hazin sonlar var, Âşıklar anlatır

---
[1] Düzde: Ovada.

anlatır de bitiremezler. Ne çok destanlar yazılmış, anlatılmış, ne çok...

Ne güzel geçinip gidiyorduk Yakup. Ne güzeldi o ev, orada zaman zaman yaşadıklarımız; çırçırda, ak pamukların, ak tozlarında tere batmışken, akşamları Gavur'un büfesinden şarapları alıp Sarı Kız'a gitmek. Sarı Kız'ın evinde kızlarıyla oynaşmak, öyle arada bir sarhoş olup çıkmak...

Bunları yaşayıp dururken gittin bula bula kimi buldun?.. Tutulacak, âşık olacak kimi?

Söyle Yakup! Kimi buldun ha?

Doğduğu günden, onu gördüğün güne kadar, bütün şehirden, bütün Aran'dan,[1] Aras'ın o yanından bu yanından; anası, babası bir sır gibi saklanmış o kızı buldun sevdalanacak Yakup, o kızı! Kimin kızını?.. Ha söyle, kimin kızını?.. Kimin olacak, Sarı Kız'ın Kuğu'sunu. Evet onun kızını, Kuğu'yu. Gidip onun evinde, onun dışarlıklı kızlarıyla yatıp kalkan sen, Yakup sen, bula bula onun kızını bulup sevdalandın; Sarı Kız'ın kızını, Kuğu'sunu. Peki olacak şey miydi onunla rastlaşman?

Oldu işte. Demek ki olabilirmiş...

Cezaevi yolunda, evinizden, pencereden gördün kızı, okula gidiyordu, liseye. Bir gördün, yüzünü mü, gözlerini mi, takıldı kaldı aklına. Çırçıra gitmek için hazırlanıyordun üçüncü gördüğünde, deli gibi giyindin, düştün peşine.

Sen bu muydun Yakup?

"Sen neden böylesin? Oğlum ne hale düştün, artık kim bilir sonun ne olacak?"

"Ne olacaksa olacak. Bir tek o bilse, anlasa, Kuğu... Bir de anası, Sarı Kız..."

"Niye bilsin, neyini? Sana düşman o, düşman!"

---

[1] Aran, Aranlılar: Dağlıların ovaya, ovada yaşayanlara verdiği ad. Daha çok sıcağı, gevşekliği, uyuşukluğu vurgulamak amacıyla kullanılır, alaycı bir bakışı içerir.

"Hadi ona gidiyoruz."

"Delirdin mi sen! Nasıl gidersin ona, kız duyarsa?"

"Yürü, duysun. Duyarsa neden gittiğimi de öğrenecek, yürü!"

Nerde kalmıştık Yakup?.. Oraya gidiyoruz. Bir de, bir hafta oldu, Çırçır bizsiz kaldı; pamuklar, havada uçuşan tozlar...

Giriyoruz kapıdan, avluda duruyorsun ilkin. Ben de ardında duruyorum. Şu an ne yapacaksın? Bir süre avlunun ortasında düşündükten sonra, evin kapısına doğru ilerliyorsun. İçeriden gördüler, hem de çoktan. Çok sürmez, Sarı Kız açar kapıyı. Bekliyorsun öyle bir süre, içeriyi dinliyorsun. Ben içeriyi hayal ediyorum; şu an orada yaşananları, içeridekileri, kocasını Sarı Kız'ın... Birden onu, kocasını hiç tanımadığımızı fark ediyorum. Kocasını, bir kenara itilmiş, yok sayılan o adamı... Yine salonun bir köşesine kurmuştur çilingir sofrasını, demleniyordur şimdi. Orada o öyle içer, bir adım ilerisinde yaşananları ne duyar, ne görür. Zamanı geldiğinde Sarı Kız seslenir: "Kalk artık, yeter! Kalk yat!" Tek söz söylemez, karşılık vermez. Usul usul toplanır; altında, mindere yapışıp kalmış ayağını zor hareket ettirir, saatlerdir oturduğu gibi, tek söz söylemeden çıkar salondan, bahçeye yönelir, uzağında, köşedeki, yattıkları odaya doğru aksak aksak yürür.

Kapı açıldı. İşte karşında Sarı Kız! Ardında ben duruyorum. Gözlerine bak, gözlerine, çakmak çakmak. Seni şimdi elleriyle boğacak. Sen onun on yedi yıllık sırrını açığa vurdun Yakup! Sen onun on yedi yıllık sırrını dillere destan ettin. Kimse bilmiyordu, sonsuza kadar da bilmeyecekti. Saklayacaktı. Ama sen açığa vurdun. Sen; bu şehirde, bu şehrin ünlü kadın satıcısının, herkesin gözünün önünde, belgesiz, izinsiz çalışan genelev sahibi Sarı Kız'ın, gözlerden; hayvanlaşan, doy-

mayan erkeklerinden sakındığı, gizlediği biricik kızı-
nın bilinmesine sebep oldun Yakup! Şimdiden it kopuk
düştü peşine. Şimiden kıza sahip olmak, yataklarına
atmak için yanıp tutuşuyorlar. Sen ne yaptın Yakup?!

"Benim kapıma nasıl gelirsin adi adam!"

Bunu sana söylüyor, duydun değil mi? Niye öyle
sakin sakin bakıyorsun yüzüne Yakup, cevap ver!

"Cevap ver! Nasıl gelirsin, ne işin var burada?"

Öyle bakıp durma bin pişman bir yüzle, konuş!

"Konuşmam lazım seninle."

"Benimle ne konuşacaksın ha? Ne konuşacaksın,
söyle!"

"Dur gireyim!"

"Giremezsin kapımdan. Uzaklaş buradan! Seni öl-
dürürüm, inan bak, defol buradan!"

"Gireyim öldür."

"Ne istiyorsun?"

"İzin ver."

Zorladın kapıyı, girdin. Ben de ardından. Nice za-
mandır gelmemiştik, bu her köşesini kendi evimiz gibi
bildiğimiz eve. Ev aynı ev. Divanlar, eskimiş sandalye-
ler, duvarda, solmuş, eski, çıplak kadın fotoğrafları...
Bir tek yenilik kızlarında. Sarı Kız'ın kızları... İçlerin-
de, yarısından çoğu yeni. Ne çok güzel var burada Ya-
kup! Gel vazgeç konuşmaktan. Bak, kocası yine ne gör-
dü, ne de duydu. Başı önünde, köşesinde rakısını yu-
dumluyor. Sarı Kız geçti önüne, salonun ortasında, sa-
na en büyük düşmanına bakar gibi bakıyor. Pençeleri-
ni hazırlıyor, şu an parçalayacak seni Yakup. Dikilip
durma öyle mahzun mahzun. Eminim ki yine o sözler
geçiyordur aklından. "Kement attın koydun beni tuza-
ğa." Seni tuzağa Sarı Kız koymadı ki. Kendin koydun
Yakup. Kendin gittin girdin o tuzağa; kendi ayakların-
la girdin, o ne yapsın?

"Ne istiyorsun benden? Beni sahipsiz mi belledin,
söyle, sahipsiz mi?"

"Yook! Sahipsiz olan benim, kimsesiz, vurgun, her gün ölen benim!"

"Ne istiyorsun?"

"Beni bağışla!.. Gece gündüz yatamıyorum. Beni bağışla!.. Sana da Kuğu'ya da büyük kötülük ettim. Pişmanım, öl de, kendimi öldüreyim burada, kapının önünde. Öl de!"

Ne oluyor Yakup? Neler söylüyorsun yoldaşım? Niye ölüyorsun? Ölsen kavuşacak mısın sevgiline; o gece gündüz aklından çıkmayan sevgiline, Kuğu'ya? Ben biliyorum, vazgeçmezsin. O zaman bu ne hal?

"İyi ya... Pişmansan iyi ya. Çekil, uzaklaş çevremizden. Bırak kızımım peşini!"

"Beni bağışla. Ver elini öpeyim. Beni bağışla ama, Kuğu'dan ayırma. Onu seviyorum, onsuz yaşayamam, onu bana ver!"

İşte bunu beklemiyordum. Zaten vazgeçeceğin aklımın köşesinden bile geçmemişti.

"Ne?.. Ne diyorsun?.. Kızımı sana mı vereceğim? Utanmaz adam! Ona nasıl anlatacaksın annesinin evinden yıllarca çıkmadığını... önüne gelenle yatıp kalktığını? Ona, körpe kızıma, çiçek kızıma?.. Hayvan! Defol çık evimden! Çık!"

Kolundan tutup attı işte. Ne bekliyordun? Hemen kabul etmesini mi?

Attı işte. Demek dalını kayısının gövdesine vermiş, sabahtan bunları planlıyordun ha? Vay akılsız yoldaşım benim! Bu aşk seni ne hale koydu böyle...

"Ne yapacağım ben?" dedin, birden hızla döndün, kapıya koşarak gittin. "Onu alacağım! Bunu bilesin, onu alacağım, ne olursa olsun! Onsuz yaşayamam. Engelleyemeyeceksin, alacağım!"

Kapı duvardı, ses vermedi.

"Yürü!" dedin bana, yürüdük, adımlarına yetişemiyordum.

"Beni seviyor. Biliyorum, seviyor. Kaçıracağım... Kuğu'suz yaşayamam, kaçıracağım."

Bunları, seni sevdiği inancını biliyorum, kaç kez senden duydum Yakup, biliyorum, sen buna inanmışsın. Ama ondan, Kuğu'dan hiç duymadım. Ne ondan, ne bir arkadaşından ne de şehirdeki bir Allahın kulundan. Ama bütün şehir biliyordu senin ona deli gibi tutulduğunu. Bir de şehir, bir uzun havayı, senin sayende son zamanlarda çok dinliyordu. Aliye Akkılıç'ın yanık sesi, sızılı sesi yürekleri sarıp sarmalıyordu. Bütün şehir kementle bağlanmıştı tuzaklarda. Bütün insanların eski, yeni sevdalarının fitilini sen ateşlemiştin. Şimdi de kendi sevdalarını senin sevdana katıp bu sesi yüreklerine salıyorlardı Yakup. Salıyorlardı da, bir şeyi de çok iyi biliyorlardı; bilmekten öte adları gibi emindiler ki, senin sevdan karşılıksız bir sevdadır Yakup. Ateş olup yansan da, kendini Aras'ın buz sularında soğutsan, atıp boğsan da kendini, bu durum değişmeyecekti Yakup. Bu sevdanın karşılığı yok. Kız öyle senin bildiğin kızlara benzemiyor. Senin bildiklerine değil yalnız, bilmediklerine de bezemiyor. Çünkü sen ne biliyorsun kız konusunda? Sen, Kuğu'dan önce, bile bile kadın kız diye, Sarı Kız'ın evindeki kızları bildin yalnız. Ama o başka, Kuğu... Çok başka. Onun benzeri Aras boylarında yok. Aran'a da bugüne kadar ne gelmiş ne de gelecek. Bunun için sana üzülüyorlar. Sana ne kadar üzülüyorlarsa Sarı Kız'a da bir o kadar kızıyorlar. Kızıyorlar; çünkü her şeyini, bütün hayatını, koynunu, kızlarının koynunu onlara sonsuza kadar açan Sarı Kız, onlardan bir sırrı tam on yedi yıl saklamış. Hem de ne sır. Bir kız doğurmuş, kız on yedi yaşına gelmiş, bunu bilmemişler. Çok kızıyorlar, çook! Ama ne işine yarar senin? Hiiç!.. Hiçbir işine yaramaz. Bütün şehir bir olup kızı istese, yine de vermeyecek kızını sana Sarı Kız. Bunu böyle bilesin Yakup. Çünkü şunu sen bilmiyorsun a akılsız. Bütün şehir biliyor, sen bilmiyorsun. Çünkü aklın başında değil, uçup gitti, Kuğu'ya takılıp kaldı... Bir düşünsene uçmuş aklınla! Sen onca sene Sarı Kız'ın evine girip çıktın, yattın kalktın. Sarı Kız'la yatmadığını kime ispat edebilirsin? Kim inanır sana? Şehirden bir Allahın kulu inanır mı? İnanmaz!.. Be akıllım, kız nasıl inansın? Anası bunları düşünmez mi? Bütün şehir düşünmez mi? Düşünür değil mi?.. Peki, bundan sonra Sarı Kız, sana kızını verir mi? Vermez! Vermeyecek. Çık bu yoldan. Gel beni dinle, yüreğini, Ağrı Dağı'nın karını bas, soğut; bu sevdadan vazgeç. Olmayacak bu iş, bilesin bunu Yakup!

"Nereye gidiyoruz?" diye soruyorum.
"Köye," diyorsun.
"Köyde ne işimiz var?"
"Yürü!" diyorsun.
Yürüyoruz. Moto-Guzzi'yi, Yeni Cadde'de buluyoruz. Biniyorsun arkaya, ben de tırmanıyorum. Cemal, durmuş arkada, caddeyi gözlüyor. Dikilmiş öyle, yüzü yorgun. Belli ki bu ilk yaz sıcağında, caddede sersem sersem dolananlardan hangi birinin ona yolcu olarak geleceğini düşünüyor.
"Bizi hemen götür köye, acele işimiz var," diyorsun Cemal'e.
"Bir iki müşteri daha alsak, ha?"
"Gerek yok, ben veririm hepsinin parasını."
Moto-Guzzi hareket ediyor, pat pat, süzülerek yola koyuluyor.
Köye giriyoruz, tozlu yaldan, o meydana geldiğimizde anlıyorum geliş nedenini. Köy odasına girip bir süre gecikiyorsun. Sen çıkmadan duyuyorum anonsu.
"Dikkat dikkat! Yakup Çimen, Taşlı Yer'deki tarlasını satılığa çıkarmıştır, almak isteyen..."
Aklımda onlarca soru. Satıp ne yapacaksın? Parayı

Sarı Kız'a vermeyi, onu para ile ikna etmeyi mi düşünüyorsun? Parayla ne yapacaksın?

Köyden dönüyoruz, sana soruyorum:

"Bekle, gör," diyorsun. Dilin iyice ağırlaştı. Artık söz söylemek, dünyanın en zor işi senin için. Bilirim bu hallerini. Yalnızca düşünürsün, hem de kara kara... Bekleyelim. Bu ara sen ne yapacaksın? Annenin haberi olacak mı tarlayı sattığından? Baban çoktan öldü. Keşke o yaşasaydı. Annene söylemezsin, bilirim. Söylemeden satarsın, onun da yüreğine iner...

Üç gün sonra tarlanın parasını alıp geliyorsun yanıma.

"Tamam, sattım," diyorsun.

"Ne yapacaksın parayı, şimdi söylersin herhalde?"

"Kuğu'yu kaçıracağız."

"Ne?"

"Kaçıracağız. Artık dayanamıyorum."

Demek günlerdir bunu düşünüyordun. Kaçır bakalım, ya kız sana kaçacak mı, yoldaşım, benim aklını yitirmiş yoldaşım.

Ne yapmıştın, ardından koştuğun günden sonra? Dikilmiştin önüne, deli gibi.

"Sen kimsin, kimin kızısın?" diye sormuştun. Kız şaşırıp kalmıştı. Biraz da korkmuştu, birden böyle, damdan düşer gibi sorduğun sorunun karşılığında.

"Sana ne? Sen kimsin?" demişti.

"Ben Yakup"

"Bana ne? İster Yakup ol, ister... Bana ne?"

"Ben oyum, yolunu gözleyen Yakup."

İşte o zaman kızın böyle bir yanıt verip, seninle dalga geçeceği aklımın ucundan geçmemişti.

"Sen ölmemiş miydin? Kardeşlerin seni kuyuya atıp, üstünü örtmemişler miydi?"

Bu sorulardan sonra, yanındaki kız arkadaşını kolundan çekmiş, kıkır kıkır gülerek uzaklaşmışlardı.

Neden sonra:

"Ölmedim ben!.. O ben değilim, Yusuf, Yusuf'tu kuyuya atılan... Ölürsem senin için ölürüm!"

"Sensin, sen... Yakup'u kuyuya attılar, yani seni," demişti, inatla.

İşte bu kız o kızdı. Bundan sonra sen de benimsedin sonunu, kuyuya atılan Yakup oldun. "Ben Yakup, dirilip geldim. Senin için," demelerine, her seferinde, hepimizi kahkahalara boğan yanıtlar verdi. İnan ben de, diğer arkadaşlarımız, yoldaşlarımız da; şehrin haberi olduktan sonra, bütün şehir halkı da, bu kızın seni sevip sevmediğini anlayamadı. Kimi zaman, yarıdan çoğu seviyor, dedi, kim zaman da sevmiyor, dediler. Genç kızlar, "Kuğu, Yakup'u seviyor, sevmiyor," diye, yonca yaprağı bırakmadılar ovada; koparıp koparıp fal baktılar; bu oyunda kah seviyor çıktı, kah sevmiyor.

Bundan sonra bu kızın, kimin kızı olduğunu hem sen hem de bütün şehir merak etti. Yaşlı bir kadınla birlikte, geniş bahçeli bir evde oturuyorlardı. Şimdiye değin yakınında bu yaşlı kadından başkasını gören olmamıştı; ne annesini, ne babasını ne de başka bir akrabasını. Herkes bir söz çıkarttı sonradan. Kimi dedi yetimdir, yaşlı kadın evlatlık almış; kimi dedi, babası savaşta ölmüş, bu kadın babaannesi, o büyütmüş; zaten babası savaşa gitmeden annesizmiş yetim... Tabii, kim bilebilirdi Sarı Kız'ın, Kuğu'nun annesi; babasınınsa evin bir köşesinde sabahtan akşama küçük sofrasından rakıyı eksik etmeyen, o sessiz, soluksuz, pısırık adam olduğunu; kim bilebilirdi? Sır dedik ya. Sarı Kız'ı hayata bağlayan, bu aşağılık hayata, babayı rakıya bağlayan bu sırrı kim bilebilirdi, kim? Hiç kimse.

Ama sen bunlarla yetinmedin. Kızdan sır çıkmayınca, evlerinin etrafında pustun, dolaştın; bir girip çıkan var mı, çoğu zaman ayrılmadın saatlerce, bekledin.

İşte bir gece vakti, yaşlı kadınla çıktılar, sen onları izledin. Yürüdüler, az sonra iki adam katıldı onlara, şehrin dışına çıktılar, sen de peşlerinde. Bir eve girdiler, güzel bir evdi, sen de girdin bahçeye. Bekledin, bir fayton geldi, yaklaşık bir saat sonra. İşte orada gözlerine inanamadın. Sarı Kız'dı gelen, yüreğin yerinden oynadı. Kızın felakete doğru sürüklendiğini düşündün, bu an her şeyi yapabilirdin, Sarı Kız'ı öldürebilirdin... Ellerin kelepçeli, polislerin arasında gidişini, Kuğu'nun ardında gözü yaşlı bakışını düşledin, tüylerin ayağa kalktı... Sonra bu düşten sıyrıldın, Sarı Kız içeriye girmişti, kimseye görünmeden yaklaştın pencereye, perdeler çekilmişti, bir göz görümlük kenarından yer buldun, oradan baktın, elin ayağın uyuşmuştu, titriyordun. İşte ordaydılar! O ikisi, karşındaydılar. Kıza sarılmıştı, ikisi de odada, ne olduğunu anlayamadın. Ama duydun işte, kız isyan ediyordu. "Anne," diyordu, "ne olacak benim sonum? Gidelim bu şehirden, artık dayanamıyorum. Herkesin gözü üstümde, gidelim!.."

O gün öğrendin, iki gün sonra kızın karşısındaydın, tersledi yine seni. Bu kez farklıydı bakışları, yüzünün anlamı. Sanki bugün senden nefret ediyordu, onları izlediğini biliyordu, sanki sana düşmandı Yakup! Böyle düşündün, yanlıştı ama. Böyle gören, böyle algılayan senin fırtınaya tutulmuş yüreğindi yoldaşım. Birden ağzından çıktı, bağırdın:

"Senin kim olduğunu biliyorum!" dedin.

Nereden bilebilirdin kızın böyle bir yanıt vereceğini ve bütün kente duyuracağını.

"Bilsen ne olur Yakup? Ölü Yakup! Dirilip bana bela olan Yakup!.. Söyleyecek misin? Dur, dur! Sen dilini yorma, ben söyleyim, ben! Ey arkadaşlarım, kimin kızıyım, biliyor musunuz ben? Sarı Kız'ın kızıyım. Evet!.. Sizin o bildiğiniz Sarı Kız'ın, orospunun kızıyım. Oldu mu Yakup?! Bak, senden önce ben söyledim, gördün mü?"

İşte böyle Yakup. Dondun kaldın orada, bir heykel gibi, gözlerin ona takılı kaldı. Hiç beklemiyordun değil mi? Kimbilir neler düşündün de o söz çıktı ağzından? "Senin kim olduğunu biliyorum." Gene bir çuval inciri berbat ettin be Yakup! Baksana kıza, sana nasıl bakıyor Yakup. İşte deldi geçti yüreğini, deldi Yakup! Sen artık iflah olmazsın sevgili yoldaşım, olmazsın!..

Peki bu kız niye açığa vurdu sırrı? Niye açığa vurdu sence? Seni sevdiğinden mi, sevmediğinden mi? Yoksa annesine isyan mı etti? Bunca senedir gizlediği kimliğini nasıl da açıkladı, gördün mü?

Böyle oldu, şehir duydu.

Artık kaçırma planları iki gün geride kaldı. Faytonu ayarladın. Okula giderken kaçıracağız. Bunları konuşuyoruz, gözün dönmüş Yakup. Nafile... Olacak şey değil, biliyorum. Gel de bunu anlat Yakup'a. Bakıyorum kararan yüzüne, sigara dudağında, yine unuttu, yakacak çatlamış dudaklarını izmarit. Bir başka dünyadasın. Seni hiçbir şey kendine getiremez Yakup

Haziran sıcağı. Güneş yakıcı. Onu görüyorum, bizim Selo'yu. Koltuğunun altında değneği, bize doğru yürüyor, gelip Yakup'un önünde dikiliyor.

"Yakup! Deli Yakup! Sarı Kız gitti, Sarı Kız gitti," diye tekrarlıyor iki kez, kesik kesik.

Fırlıyorsun yerinden.

"Nereye gitti ulan?"

"Uzağa gitti, uzağa gitti!"

Sarı Kız gitti, doğru. Habersiz gitti. Gece mi gitti, gündüz mü, bilen yok. Gitti; izini kaybettirdi, hangi kente, hangi köye bilen yok. Tabii, Kuğu da gitti, yok oldu. Bütün şehir, bütün dedikoducular, ser verip sırrını vermeyenler, verenler; diline dolayanlar, onsuz olamayanlar, Sarı Kız'sız kaldı.

"Kement attın koydun beni tuzağa," diyorsun.

İşte bu doğru Yakup. Nice zamandır tuzaktasın, kıstırılmış... Nasıl kurtulacaksın? Boktan bir durum senin durumun. Bu şehir, Sarı Kız'ı, Kuğu'yu, alkolik babasını bırakıp uzun süre seni konuşacak; yüzüne, ne hale düştüğüne bakıp bakıp seni konuşacak Yakup!

Hadi yürü! İşimize dönmeliyiz bir an önce; epey zamandır çıkıp geldiğimiz, bıraktığımız işimize, Yeşil Aras Çırçır Fabrikası'ndaki işimize. Ak pamuklar bizi bekliyor. Yüzüne ancak onlar can verebilir, onlar ağartır yüzünü Yakup, yürü!

YEŞİL KURBAĞALAR

"Yeşil kurbağalar öter göllerde
Kırıldı kanadım kaldım çöllerde
Anasız babasız gurbet ellerde
Dön gel ağam dön gel eğlenmeyesin
Elde güzel çoktur ağam evlenmeyesin
..."

(Uzun Hava)
Yöre: Erzincan/ Kemaliye (Eğin)
Kaynak kişi: Ahmet Türkoğlu
Okuyan: Mükerrem Kemertaş

Bir suyun kıyısındaymışlar. On bir araba, on bir adam, arabalara koşulu yirmi iki öküz, dört çocuk.

Bir suyun kıyısındaymışlar, adı "Göl"müş. Dört gün, üç gece geçmiş yola çıktıkları günün üzerinden. Oraya, kıyıya dikilmişler, Göl'ün kıyısına. Öküzler arabalara koşulu, öyle bakmaktaymışlar. Göl'e.

Bir şafak vakti çıkmışlar yola. Yükleri kasalar dolusu, kuzu kuzu yatan, kırmızı, beyaz Tekel şarabıymış. Dereden, tepeden inip çıktıklarında şişeler şıkır şıkır sesler çıkarıp, oynayıp dururmuş yataklarında. Yol boyu, çın çın çınlayıp, biz buradayız, diye arabacıları baştan çıkarmaya çalışırlarmış ama, nafile. Hiçbiri kulak asmazmış bu oynak şişelere.

Kulak asmadan şişelere, gece gelmişler, gündüz gelmişler, Uzun Dere'den geçişleri çetin olmuş. Derenin dibinde yakalanmışlar o mahşeri yağmura, kulakları sağır eden gök gürültüsüne. Can hayına düşmüşler. Önce öküzlerin can hayına, sonra dört çocuğun, sonra kendilerinin. Sel suları sürükleyip götürüyormuş kendileriyle birlikte, arabalarını da. Nasıl da ölüm kalım savaşı, bir Allah bilir!

Dört gündür yoldaymışlar. Korkularının korkusu Uzun Dere. Rüyalar görürlermiş dereden geçişlerine dair; ürpertili, karabasan olurmuş, yüreklerine düşermiş. Bilirlermiş ki göğün bütün bulutları gelip vadinin tepesinde toplandı mı, kıyamet kopacakmış. Kimi zaman rüzgârla karışık, adamın feleğini şaşırtan yağmur, kimi zaman da yumruk büyüklüğünde dolu. Öyle bir gelirmiş ki, onlar, ha kaçın, canınızı kurtarın, demeden tepelerine biner, dünyalarını zindana çevirirmiş. Doludan sonra başlarına el vurulmazmış. Yüzlerinde, gözlerinde, başlarında yumurta büyüklüğündeki şişlikler. Şekil değiştirirmiş suratları; tanınmaz hale gelirlermiş. Öküzler ne yapacaklarını şaşırırmış. Onlar da Uzun Dere korkusunu daha vadinin başında, dereye doğru ilerlerken yaşarlarmış. Kıçlarını arabaya dayayıp ayaklarını direr, bir türlü inmek istemezlermiş dereye. Uzun Dere öyle bir bela dereymiş ki, onca yeşiline, onca çimenine, güzelliğine rağmen bir Allahın kulu dereye yuva kurmazmış; kurt kuş bile. Derede olmak, her an bir felaketle burun buruna olmak demekmiş. Ama çaresiz, geçeceklermiş dereyi. Çünkü bir başka geçit yokmuş ki, oraya vurup da Uzun Dere'den kurtaralar canlarını.

Göl ise, bütün bunların tersine, durgunluğun, huzurun, sevginin, yumuşaklığın yatağıymış. Göl'de bütün canlılar birbirlerini severek yaşarmış. Suyu pırıl pırılmış. Hele gece olmuşsa, gökte de ayın onbeşiyse, öyle bir hüzün sararmış ki adamı, gönlüne gem vuramazmış; bir Âşık Kerem olurmuş, Tahir ile Zöhre, çöllere düşermiş.

Göl'ün başındaymışlar; üç yanı dağlarla çevrili Göl'ün. Bir mahşeri, bir doğanın görünmez belasını, birkaç saat önce yaşamışlar; şimdi hepsi put kimin dikilmiş, Göl'e bakmaktaymışlar. Kamber, Ali Osman, İskender, Mirze Kişi, Seyit, Lütfiyar, Gül Ağa, Üzeyir ve öbürleri; tamı tamına on bir adam, dört çocuk, öylece dikilmiş; yaralarını Göl'ün yüzlerine üfürdüğü tatlı, serin rüzgârla sağaltmaktaymışlar.

Öküzler, ayaklarının dibindeki çimende, furgunlara koşulu, otlara arada bir burunlarını sürüp kokluyorlarmış. Birinin bile yorgun, korku yüklü canı, bin bir çiçeğin kokusu sarmış otlardan bir tutam koparıp tadına bakmak istemiyormuş. Uzun furgunlarla, günlerdir taşıdıkları ağır yükün altında, öylesine takatten düşmüşler ki, o anda canları, yalnızca boyunlarına asılı boyunduruklardan kurtulup, bir an önce serilip çimene, yatmaktan başka bir şey istemiyormuş. Boyunduruklardan kurtulamayacaklarını anlayan bir iki öküz de, öylece, durduğu yerde diz çökmüş, yeşilin üzerine serilmiş, derin derin iç çekmekteymiş. Şaraplarınsa çoğunluğu, canını bu hay haydan, kırılmadan, dağılmadan kurtaranlar, kasalarda, sessiz sedasız yan gelip yatmaktaymışlar. Birkaç şişe şarap da kırılmış, dağılmış şişelerden akıp çoktan kara toprağı boylamıştı.

Adamlar dikiliyorlarmış nice zamandır, içlerinden biri, Ali Osman, oğluna seslenmiş:

"Envercan!.. Bak bakalım kaç şişe şarap kırılmış," demiş.

Enver, ayrılmış istifini bozmayan adamların yanından, arabaya doğru yürümüş.

Ali Osman, bu sefer saracağınız yükünüz şaraptır ağalar, dediklerinde, yüzünü ekşitmiş, oflamış, puflamış ardından da Tekel'in gelmişini geçmişini bir güzel kalaylamış. Karşı gelse de, söylenip oflasa poflasa da nafile, işe yaramamış, mecburen sarmıştı yükü. Ali Osman, ömrünce, şehrin tek şarap satıcısına, adının önüne Yezit koyulup, asıl adı unutulan Kör Mahmut'a bir mikroba bakar gibi bakardı. Bir tek gün bile selam verip, selamını almazdı Yezit'in. İşe bakın ki bu sefer, aklına cehennemden, ateşlerden başka şey getirmeyen kasa kasa şarapları yüklenmişti. Evet, arabaya değil de, sırtına yüklenmiş gibi hissediyordu kendini. Bu yüzden, ta başından beri korku sarmış, aklının bir yanında duran bu korku onu yol boyunca rahat bırakmamış. Başıma bir iş gelecek, diye düşünüp dururmuş. Ali Osman bu, her ne kadar öbür dünyacıymışsa da, öbür dünyada başına geleceklerden çok korksa da, bir o kadar da bu dünyanın nimetlerine düşkünmüş. Bir o kadar da bu dünyada edindiklerinin zerresini bile bir başkasıyla paylaşmayacak kadar cimri mi cimrinin biriymiş. Bu yolculukta da kendinden başka kimseyi düşünmüyormuş. Ne olursa olsun, yeter ki yükünün başına bir iş gelmesin. Tek düşündüğü buymuş Ali Osman'ın. Bu kara düşüncelerin, korkuların, kaygıların içinde gece, gündüz geçmiş, gelip oraya, Uzun Dere'ye dayanmışlar. Ne zaman ki Uzun Dere'nin ortasına gelmişler, bulutların üzerlerine aktığını görmüş, o zaman ellerini açmış, başlamış Tanrıya yalvarmaya:

"Allahım ben ettim sen etme... Bu aciz kulun bir günah işledi. Beni çoluk çocuğuma bağışla," diye, iki eli havada, dil dökmüş. Ne var ki yalvarması bir işe yaramamış. Tam o kıyametten kurtulup da, Uzun Dere'den, yokuşa vurduklarında görmüş, şarabın bir damardan akan kan gibi, toprağa aktığını. İşte o zaman aklı başından temelli gitmiş.

"Durdur! Durdur öküzleri Enver! Şarap gitti! Paramız gitti! Durdur eşşek oğlum benim!" diye bağırmış.

Arkadaymış, uzakta, koşmuş arabaya, ne yapacağını şaşırmış halde. Oğlu Enver de yanındaymış. Gözlerini şaraba dikmiş öyle bakıyormuş melil melil. Birden oğluna aynı öfkeyle yeniden bağırmış:

"Avuçla avuçla! Yere akıp durur, avuçla! İç, iç! Boşa gitti paramız, iç eşşek oğlum, iç!" diye. Oğlu yüzüne bön bön bakmaktaymış. Onun bakışına öyle kızmış, öyle öfkelenmiş ki, kendini tutamamış, avucunu tutmuş şaraba, doldurmuş, içmiş. Yeniden akan şaraba uzandığında, bir kez daha oğluna bağırmış: "Sen de iç! Durma! Ziyan oldu iç!"

Oğlu da eğilmiş, bir avuç dolusu şarabı dudaklarına götürmüş.

Önünde, ardında sıralanmış arabalar durmuş. Arabacılar, babayla oğluna şaşkın şaşkın bakmaktaymışlar. Bu şaşkın bakışların arasında, avuç avuç şarap içen Ali Osman, birden dönmüş onlara, göbek atıp şıkır şıkır oynamış. Ölümden, zulümden yeni kurtulmuş arabacılar, gölün başında durup dikeldikleri gibi durmuşlar, bu kez acıyan gözlerle Ali Osman'a bakmışlar. Ali Osman;

"Gelin, gelin! Şaraba gelin!" demiş, türkü okur gibi, onlara. Kimse gitmemiş. Gidecek, şarap içecek halleri yokmuş. Kimse gitmeyince, Ali Osman çökmüş dizlerinin üstüne, başını almış iki elinin arasına, kara düşünceye dalmış. Arabacılar, "Höö!" demiş öküzlerine, furgunların teker gıcırtıları dağa taşa yayılmış. En çok da tufandan canını kurtaran şaraplar sevinç içindeymiş; yine şıkır şıkır seslerle, kelebeklere, börtü böceğe, bin bir seslerle şarkılar söyleyen kuşlara eşlik etmekteymişler...

Bir suyun kıyısındaymışlar, on bir araba, yirmi iki öküz, on bir adam, dört çocuk. Göl'e bakmaktaymışlar. Onların geldiği haberi köye ulaşmış, günlerdir yollarını bekleyen köylüler, gözleri yolda, bir an önce gelsinler, diye merakla beklemekteymişler.

Ayrılmışlar Göl'den, köye doğru yola koyulmuşlar...

Göl arkalarından bakmış, pırıl pırıl, sakin, sevgiyle. Bir ara, hafif bir rüzgâr esmiş, Göl, şöyle bir hareketlenmiş, yatağında sağdan sola dönmüş, bir ıslık tutturmuş arabacılara dair. Ardından, turnalar, karabataklar, ördekler hep birlikte, bütün kuşlar, güzel mi güzel bir türkü tutturmuşlar, "yeşil ördek gibi daldım göllere", diye. Sonra sonra susmuşlar, rüzgâr durmuş, Göl, yine o sessiz, sakin durgunluğuna dönmüş...

Arabacılar girmişler köye, furgunların tekerlek gıcırtıları köyü sarmış, güneş batmak üzereymiş. Bu köy kendi köyleri değilmiş. Yol üstünde, her geçişlerinde konuk oldukları bir köymüş burası. Dünyadan uzak, dağ başında bir başına kalmış bu köye, yine bu dünyada olup bitenlerin haberini; bir de kendi inançlarına göre yağmuru, bereketi arabacılar getirirmiş. Köylüler bunu bilir, bunu söylermiş; kim ne derse desin.

Girmişler köye, köylülerce karşılanmışlar umutla, umutlu yüzle. Beklentilerini sonra öğrenecekler. Öküzlerin boyundurukları alınmış, ahırlara çekilmiş, önlerine çimenin taze otları konulmuş kucak kucak. Onlar da, on bir arabacı, dört çocuk oturmuşlar önceden hazırlanmış sofranın başına, etli bozbaşlar, süzme pilavlar sini sini sofraya geldiğinde gözleri dört açılmış. Aç karınlarını aç kurtlar gibi doyurmaya koyulduklarında da, akıllarında, dışarıda kurulmuş sıra sıra semaverler ve demliklerde dolu dolu tavşan kanı çay varmış.

Akşammış, yemeklerini bitirmişler, bu büyük evde, bu büyük odada, dallarında Kürt yastıkları, önlerinde kan kırmızısı çayları, sohbetteymişler. Köyün, küçük büyük evlerinden, o büyük eve doğru köylüler, gece karanlığında usul usul akmaktaymış. Önce kocaları gelmiş, o büyük odada diz kırıp oturmuşlar. Sonra da kadınları, kızları, gözlerini uyku bürümüş çocukları.

Kadınlar, kızlar, genç gelinler, avluda toplanıp beklemekteymiş.

Çaylar dolu gelmiş boş gitmiş, yine dolu gelmiş, kan kırmızı. Kaçak tütünden sardıkları sigaraları Kehribar ağızlıkla pofur pofur içmekteymişler ki, evi duman almış.

Akşamın bir vaktiymiş, İskender, Kamber'e:

"Hadi başla!" demiş. Kamber pencerelere bakmış, evin avlusuna, içinden "Yine aynı, her zamanki gibi, hepsi gelmişler. Düğüne gelir gibi gelmişler. Süslenmişler, en güzel giysilerini giyinmişler... Hoş geldiniz!..

Toplanmış, birbirine sokulmuş kadınların, kızların, adamların gözleri, kulakları içeriden gelecek sesteymiş.

Kamber, bir kez daha bakmış, gözü birini aramış, kendi kendine söz vermiş: "Bir defa bakacağım, bir defa. Söz, bir defa baktıktan sonra yine bakarsam iki gözüm kör olsun," demiş.

Oradaymış, camın önünde, bir yılan gibi güzelmiş, gözleri yetermiş; orada, Kamber'e bakmaktaymış, onun sesini beklemekteymiş.

"Sen başla," demiş İskender'e, "ben sonra, sonra."

"Kamber önce sen," demiş Lütfiyar. Diğerleri de ona katılmış, hepsinin gözü Kamber'in ağzındaymış. Bilirlermiş sesinin yanık yanını. Bilirlermiş ki söylediğinde, kendi yaraları da, az da olsa, sağalacak. Bir tek Ali Osman hariç. Onun yarası sağalmaz. O öyle düşünür. "Yaram sağalmaz," diye içinden söylenip durur. Enver'in gözü ayağında. O da babasının ne düşündüğünü bilir, ama çok takmaz. "Cimri babam!.. İçtiği şaraptan sarhoş, nasıl da baygın baygın bakar... Gitti paralar, yalnız bunu düşünür şimdi. Gitsin! Ucunda ölüm kalım yok ya. İstif ettiği, hiçbirimize yâr olmayan paraları biraz eksilir o kadar..."

"Seni bekliyorlar, başla." İskender bu. O da bir başka söyler, herkes bilir. Ama o sonra. Devam ediyor, ağzı yanı başındaki Kamber'in kulağında. "Ağlamaya hazırlar. Yeşil Kurbağalar'ı söyle. Ağlamaya hazırlar. Gene susuz kalmışlar; toprakları, yürekleri, susuz. O dedi, Miri dedi. Söylersen ağlarlar, yağmur yağar. Bulutlar Uzun Dere'den geçip gitmez. Yönünü köye, bunların toprağına verir, öyle dedi Miri."

"Peki, peki."

Bir göz gezdirmiş odaya, tavana, tavana atılmış kalın kirişlere. Sonra yere çevirmiş gözlerini, yol arkadaşlarına, saçı sakalına karışmış köyün erkeklerine bakmış. Hepsi de ona bir hüzünle bakmaktaymışlar; hepsi de ağlamaklı, yükünü almış gözpınarları, ha boşandı ha boşanacak. Sonra pencerelere bakmış, dört pencereli büyük odanın hemen dışarısında, içeriye bakan gözleri görmüş. Belli ki onlar da dolmuş bulut kimin; ha aktı, akacakmış gözyaşları. Onların içinden bir çift gözü seçmiş; bakmak isteyip de bakamadığı, kendinin yasak koyduğu, kendinden izin aldığı o bir çift gözü. Her baktığında yılanın gözünü anımsatan; çekik, zeytin karası, dünyada bir başka kadında, mahlukta görmediği, ömründe bir daha göremeyeceği, "dünyanın gözleri" dediği gözleri... Ama yasak!.. Ama kendinden izne tabi. Bakamaz! Bakmak için kendini ikna etmesi gerek. Çünkü bu gözler, yılan gözler, şu anda sofrasına oturduğu, her gelişlerinde, gidişlerinde yemeklerini yediği, suyunu içtiği bu adamın, Miri'nin gelininin gözleriymiş. Miri'nin gelini!..

Bütün bunlar olurken, odadaki köylülerin, pencereye yığılmışların, arkadaşlarının, Miri'nin gözleri ondayken; o kendi kendine bir kez daha söz vermiş: "Bir daha bakmıyacağım," demiş içinden. "Doya doya bakacağım bu akşam, bir daha bakmıyacağım, söz. Bakarsam iki gözüm önüme aksın. Bakarsam dünyam kara olsun, anam karalar bürünsün," demiş, sonra bir iki öksürmüş, dünyanın en yanık, en sızılı, en acılı sesini dinlemiş odadakiler, camdakiler, tavandakiler, duvar başına toplanmışlar; tüyleri diken diken olmuş, gözyaşlarına sahip olmamışlar, zaten böyle bir niyetleri de yokmuş...

"Yeşil kurbağalar öter göllerde."

....

Bir gün geçmişmiş o akşamın üzerinden. Sonradan anlatmışlar, daha pencerede, taraçada, evin içinde kilimlere oturmuşların akan gözyaşları kurumadan, Köroğlu Dağı'nın oradan bulutlar havalanmış, katarmış, köyün üstünü kaplamış, bir yağmış bir yağmış, köyü sel almış. Seller akarken, toprak suya doyarken, on bir arabacı, yirmi iki öküz, dört çocuk yoldaymışlar. Birinin, Kamber'in aklında bir çift göz, kendi kendine gülümsemekte, arada bir, yanık mı yanık bir türküyü ona söylemekteymiş, yılan gözlü geline. İçinden de, "Bu sondu. Bir dahaki sefere verdiğim sözü tutacağım," demekteymiş, ama buna kendi de inanmamaktaymış. Yol almaktaymış furgunlar gıcırtılar içinde; her arabacı kendi dünyasında, evine varacağı zamanı, özlediği karısını, çocuklarını düşünmeyedursun, Ali Osman'ın aklından kırılan şarap şişeleri bir türlü çıkmamaktaymış. Hesabından kesileceği tutarı, cenneti, cehennemi düşünmekten kurtulmadan, bir de arada bir aklına sağlam şişeler ve şarabın tadı gelmekteymiş. İçinden, "Arkaya kalsam, açsam birini? Nasıl olsa ağzımız değdi," demekteymiş. Şaraplar da sanki Ali Osman'ın bu iç sesini duymuş gibi, kasalarda, arzulu bir kadın gibi kıkır kıkır kıkırdamaktaymışlar. Kimi arabacılar da, yanlarında çocukları olan, Uzun Dere'den kurtuldukları için öyle sevinmekteymişler ki, çocuklar gibi...

GÖNLÜMÜN ŞİRAZESİ
BOZULDU

"Şu gönlümün şirazesi bozuldu
Anlıma da kara yazı yazıldı
Gurbet elde mezarım da kazıldı
Nerde benim mor sümbüllü bağlarım
..."

(Uzun hava)
Yöre: Adana
Kaynak kişi: Aziz Şenses
Derleyen: Aziz Şenses
Okuyan: Aziz Şenses

Orada, Toprak Kanal'ın kıyısında, kalabalığın içinde aradı onu gözleri; daha buraya gelmeden, bu sabah, odada arkadaşlarıyla otururken karşısına dikilip, rahat bir tavırla, "Buyurun, su istemişsiniz," diyen kızı.

Sabah sabah şaşırıp kaldı tabii. Öyle baktı kıza, kısa bir süre...

Uzun zaman önce ayrılmıştı köyünden. Birkaç gün oldu döneli. Çocukluk arkadaşlarıyla otururken, gözleri tek tek onların üzerinde dolaşıyor, hangisinin ne kadar değiştiğini anlamaya çalışıyordu. İşte o anda, garip bir duygu içindeyken kız çıkıp geldi. Bakışları aklını aldı. Şaşkındı. Arkadaşlarına baktı. Sanki onlardan yardım bekliyordu. Soracağı soruyu onlara yöneltecekti de, vazgeçti. Kıza sordu:

"Ben su istedim?"

Öylesine, bir bakışla, kendi şivesiyle, "mi" soru imini kullanmadan sormuştu.

"Sizin istediğinizi söylediler ama?"

Hiçbiri konuşmadı. Aynı soruyu onlar da gözleriyle yöneltti: "Sen istemedin?.. Su neden sana geldi?" gibi baktılar.

"O zaman içiyim bari, madem zahmet edip getirdiniz," dedi.

Kızın elinden bardağı alıp da dudaklarına götürdüğünde gördü onun gözlerindeki hınzırlığı. İçinden, "Bunda bir iş var?" diye geçirdi. Kızın gözleri... Evet, gözleri açıkça bir oyunun içinde olduğunu söylüyordu ona. Sanki ısrarla, ben buradayım, beni fark et, diyor-

63

du. Bunu, bir bardak su içimi zamanı içinde, bakışlarıyla söyledi. İçinden yine, "Hayret! Hiç çekinmiyor, odadaki bunca erkekten... ağabeyi burada, çekinmiyor! Olacak şey değil," diye geçirdi.

Bardağı uzattı kıza, biliyordu ki şimdi bu eski çocukluk arkadaşlarının gözü üzerinde, ne yapacak, ne diyecekti diye, ona bakıyorlardı; kızın askere gidecek ağabeyi de dahil. O ise bardağı uzatırken, yalnızca:

"Sağ ol," dedi. Kız da gülümsemekle yetindi.

O ana kadar dondurulmuş bir film karesi gibi duran sohbet, kaldığı yerden, yeniden başladı. Onunsa aklı öylesine karışmıştı ki, kim, neyi konuşuyordu, hiç birini duymuyordu şimdi. Her ne kadar kızın gövdesi odayı terk etmişse de bakışları, gözleri, ince, uzun boyuyla hâlâ oradaydı sanki, karşısında; dikilmiş ona bakıyordu. Şaşkınlığı kızarmış yanaklarında duruyordu. Nasıl olur?.. Az önce olanlar bir düş gibiydi. Hiç beklemediği bir olaydı. Burada, bu köyde, bir kız, elinde bir bardak suyla dalmıştı odaya; ağabeysiyle oturan onca erkeğin içinde, karşısına dikilmiş, gözlerli gözlerinde, su dolu bardağı uzatmıştı. Buna şaşırıyordu. "Köy burası!" diyordu içinden. Şu anda, odada oturanlara bakıyor gibi görünse de, onu düşünüyordu yalnızca. Bir an kızın sağlıklı olamayacağı geldi aklına. "Yoksa bu kız özürlü falan mı?" diye söylendi içinden. "Olabilir ha?.. Bu yüzden hoş görüyor olabilirler." Bir zaman bunu düşündü, sonra yine içinden, "Yok canım, hiç de öyle birine benzemiyor. Yok yok, özrü falan yok... Bal gibi sağlıklı, dipdiri bir kız işte."

Biraz fazla şaşırtmıştı köyün hali onu. Her şey hoş bir rahatlık içindeydi. Sanki herkes kızmak, öfkelenmek gibi duyguları unutmuştu; o hiddetli halleri geçmişte, çok uzaklarda kalmıştı. Yüzlerine, konuşmalarına, bütün tavırlarına rahat, huzur yerleşmişti. Demek olabiliyor. Bir köy, orada yaşayanlar, bazen bizim düşünemeyeceğimiz bir hızla değişebiliyordu. "Hem de kimi zaman insanı hayretlere düşürecek kadar," dedi içinden. Bu duygulardan sıyrılmaya, kendini odadaki topluluğun havasına vermeye çalıştı. Ona baktı, Nahit'e. Her zaman ciddiydi o. Ağır ağır, sözcükleri ağzında eze eze konuşurdu. Şimdi de öyle. Bir tartışmayı özetliyordu; bir akşam önce, köyün meydanında iki gencin tartışmasını. Onu orada bırakıp diğerlerine yöneldi. Bahattin ve Musa... Geldiği günden bugüne onu hiç yalnız bırakmayan üç arkadaşı. Bir gün önce ava çıktılar. Amca oğlu Seferali de katıldı onlara. O usta bir avcıydı. Öyle çok bıldırcın vurdu ki, sonunda, "Yeter, katliama döndürdün avı! Ovada bıldırcın bırakmayacaksın," diye kızdı ona. Çimene, yeşilin üzerine çöktüler. Musa'yla Bahattin, derin bir sohbetin eşliğinde bıldırcınların tüylerini yolup temizlediler. Sonra akşam, hava kararırken köyün üstünde, kıra doğru, kanalın başına kurdular sofrayı. Bir poşet soğuk bira Kılçık Kanal'da, suda bekliyordu. Gecenin dinginliğinde, sohbetlerine, kavak yapraklarının fısıltısı, rüzgârın ve kanalda gürül gürül akan suyun sesi eşlik etti...

Bunları düşünürken kapı açıldı. Bu kez bir tepsi çayla içeri giren kız, başka bir kızdı. O yoktu ortalıkta. Gözleri arada bir, istem dışı, kapıya kayıyordu. Ayrımında olmadan onu bekliyordu, kızı. Bu düşünceyi aklından çıkarmaya çalıştı. "Yanlış anladım, gönlümün istediği biçimde yorumladım, yanlış," diye geçirdi usundan. Biri ona su götürmesini söylemiş olabilirdi, başka birine, o da bu odaya girmiş... olamaz mıydı? Olurdu, olurdu. Yanlış anlayan kendisiydi. Mutlaka böyleydi, bir yanlış anlama...

Odadaki arkadaşları, bir hoş rahatlık içinde çaylarını yudumlarken, o bunları düşünüyordu. Ağır ağır sohbet ediyorlardı bu sabahın erkeninde, birazdan kalkacaklar, içlerinden en sevimli, en güzel adamlardan birini, kızın ağabeyini askere yollamak için şoseye doğru yola koyulacaklardı.

Onlara bir kez daha baktı; yüzlerine, rahatlıklarına, olgun hallerine. Kendini onlardan biraz ayrıksı buldu, buna üzüldü. Sonra, çayından bir yudum içtikten sonra, o da sohbete katıldı...

Evden çıktıklarında, kalabalığın içinde yine o kızı aradı gözleri. Hemen arkalarında, onlara yakın bir mesafede, kadınların içinde yürüyordu. Kadınlı, erkeli şoseye çıkıp, şehirden gelecek otobüsü bekleyeceklerdi. Nice zamandır aklından çıkmayan yolcu gönderme, uğurlama şekillerinden biriydi, unutmamıştı. Askere de böyle gönderilirdi erkekler; kadınlı kızlı, çocuklu kalabalığın önünde binerler otobüse, gözden yitinceye kadar ardından bakılırdı; gurbete de aynı böyle. Ayrılığın hüznü egemen olurdu havaya; kız kardeşler, analar sessiz sessiz gözyaşı dökerdi gidenin ardından.

Bunları düşünüyordu, arkadaşlarıyla birlikte ağır adımlarla yürürken, Bahattin girdi koluna.

"Ne haber?" diye sorduğunda birden ürperdi. Sanki sabah yaşananları konuşacaktı, bunu ima ediyormuş gibi geldi ona. Dikkatli bakınca, böyle olmadığını, onun bu soruyu öylesine, konuşmak için sorduğunu anladı yüzünden, bakışlarından, rahatladı.

"İyi," diye yanıtladı, sustu. Etrafta bir kez daha göz gezdirdi: İnsanlara, yaprakları dallarında ışıl ışıl kavaklara, daha yeni biçilmiş buğday saplarının altın sarısına, yeşilin ağaç dallarında, toprağın kıvrımlarında gümüşsü parlaklığına ve evlere... Şimdi köyün biraz dışındaydılar, Toprak Kanal'ın üzerinde. Su pırıl pırıl aydınlık akıyordu; usuldan, incecik. Kanalın üzerinde, bir garip hissetti kendini: Hem hüzünlü, hem sıkılmış, daralmış ve hem de içten içe gelişen bir mutlu insan hali... "Köy çok değişmiş. Yalnızca evler, görünüm de-

66

ğil. İnsanlar çok değişmiş. Bir de doğa. Yeşili, ağaçları," dedi. Bahattin kanala takıldı kaldı. Sonra ağır ağır konuştu:

"Evet, değişti. Her şey değişti... Köy değişti, insanlar değişti, toprak bile değişti. Bazılarını sen öyle görürsün. İyi, güzel... Ama değil. Göründüğü gibi değil. Değişmeyen var, olduğu gibi kalan... İnat eden... Kötülükte inat eden... Bunlar hemen görülmez. Kalman, yaşman gerekir. Güzel olan da var tabii... Sen şimdi yeni geldin, gözüne her şey güzel görünür. Hele biraz kal, zaman geçsin, değişecek düşüncen."

"Belki de haklısın. Çok oldu ayrılalı köyden... Özledim köyü... Gene de çok değişmiş köy. Bana her şey güzel görünüyor. Siz, arkadaşlarım bile çok farklı olmuşsunuz, odada otururken gördüm bunu, sizi düşündüm... Yok yok, bence sen farkında değilsin, içinde olduğun için... Baksana, insanlar; kadınlar, kızlar, yaşlılar, gençler güzel... Etrafa bak, yeşilliğe bak. Ben buradayken çok kuraktı buralar."

"Orda haklısın. Sulama geldi, daha yeşil oldu, ağaçlık çoğaldı... Neyse, ben bir şey diyecektim sana, unuttum köyü konuşurken. Buralara ait sohbetimizi sonraya bırakalım. Daha çok zamanımız var, ne diyecektim?.. Ha, arkadaşları duydun mu, Sadık'la Tuzluca'ya kadar gidecekler. Bu da son günlerde moda gibi bir şey oldu. Askere gidenleri, uzak yolculuklara çıkanları böyle yolcu ediyorlar. Tuzluca'ya kadar eşlik edip geri dönecekler. Eğer otobüste yer varsa tabii. Biz de katılalım mı onlara?"

"Olur tabii, katılalım. Hem benim için de bir değişiklik olur... Yalnız ablama haber verelim, o öğlende beni arar, yemeğe bekler."

"Biriyle haber salarız, yürü."

Şosede, onca kadından, kızdan, çocuktan, erkeklerden oluşan kalabalığa bakıyor. "Nerde acaba?" diye düşünüyor. Bunu düşünürken, kendine kızıyor. "Ne yapıyorum ben? Ne der duyan, bilen?.. Bu ne saçmalık!" diyor içinden. Ne var ki aramaktan da vazgeçmiyor. "İşte orada!" Ağabeyinin boynuna sarılmış yanaklarını öpüyor. Yanında annesi. O kadını, geçmişi düşünüyor. O kadını!.. Çocukluk günlerini... Onun saçlarını okşayan yumuşak ellerini... Neden?.. Neyiydi ki?.. Neden başka kadın yok, akraba yok geçmişinde, onun gibi davranan?.. Saçlarını okşadığı günler var aklında, bir sis perdesinin ardında... Nedense bir sıcaklık yayılırdı gövdesine. Ona karşı bir yakınlık hissederdi. Sanki bir akrabasıydı. Bir kez daha kadına baktı, "Ne kadar farklı bir kadın," diye geçirdi içinden. Babası ve bu aileye dair geçmişten aklında bir şeyler var. Kimden, nerede duymuştu? "Bir fırsatını bulup bunu konuşmalıyım onunla. Ne olmuştu geçmişte? Babam bunu mu yoksa ablasını mı sevmişti?.."

Kıza, annesine, bir de oğluna, Sadık'a baktı. Annenin gözleri dolu dolu, ha döktü ha dökecek. Kız gitgide durgunlaşıyordu. Elini ağabeyinin beline doladı, bir kez daha yanağından öptü. Tam o anda biri:

"Otobüs geliyor!" diye seslendi.

Bahattin,

"Hadi, yürü," dedi, yürüdüler kanalı ikiye bölen köprüye doğru.

Sadık'a, kız kardeşi, annesi dönüp dönüp sarıldılar. Diğerleri araya girdi, akrabaları. Yaşlı, genç kadınlar, yanağından öptü, saçlarını okşadılar. Sonra, küçük kalabalık, küçük bir yumak halinde otobüse yürüdü. Tam burada, omzuna asılı fotoğraf makinesi geldi aklına. Çıkardı, sonra yaklaştı ve üst üste birkaç poz fotoğraf çekti. Kız bunu ayrımsadı. Son pozda gülümsedi; hoş, sıcak. İşte yine heyecan sardı, eli ayağı kesildi. Bahattin'in sesine irkildi.

"Hadi bin... Otobüse!"

Kalabalığın arasından geçti, Sadık'ın ve onun ardından binen birkaç arkadaşından sonra Bahattin'le bindiler, otobüs hareket etti. Geriye baktı, dışarıya. Onlarca el havada sallanıyordu. Geçti koltuğun birine, fotoğraf makinesini üste, rafa koydu. Bahattin de yanına oturdu. Musa'yla Nahit de yandaki koltuğa oturmuşlardı. Sadık, hemen önündeki koltuktaydı; bir garip halde olduğu arkadan, ensesinden bile anlaşılıyordu.

Otobüsün arka tarafını, bütün koltukları diğer arkadaşları doldurmuşlardı. Dönüp baktı. Kimi zaman bazılarının adını unutuyordu. İçinden adlarını sıraladı: "Cengiz, Kahraman, Elibey, Salman, Mitellim, Behruz, Recep..."

Otobüs, ovadan dağlara, yükseğe doğru uzanan yolda hızla ilerliyordu. Sağda, yeşil ovanın bir ucunun dayandığı o büyük nehrin ötesi Ermenistan; orada da insanlar karıncalar gibi çalışıyordu, bu yanda da. Nehir, ovayı ikiye bölmüştü. Suyunu, iki tarafın da verimli toprağına; bitkinin, ağaçların, kurdun kuşun doya doya içeceği "kılçık kanal"larla salıyordu. Nehir boyu, her iki tarafa da sıralanmış gözetleme kulelerinde askerler, nöbetteydi. Koltukta, bu canlı, sıcak doğaya dalmıştı; arada kızın bakışları iniyordu gözkapaklarına.

Birkaç köyü, dereyi seçtikten, bir yüce dağı aştıktan sonra toprak damlı evlerin çoğunlukta olduğu o durgun, sessiz kente, Tuzluca'ya girdi otobüs. Düz bir cadde, kenti tam ortasından ikiye bölmüştü. Kaldırımlarında, birbirine benzeyen kadınlar, erkekler, çocuklar; kimileri öbek öbek toplanmış, sohbet ediyorlardı.

Otobüs, caddenin üzerindeki yazıhanenin önünde durdu, Sadık'ı da alarak art arda indiler. Aracın ardında toplandılar. Kimi sigara yaktı, biri de Sadık'a tuttu sigarasından, oracıkta sohbete tutuştular. Ayaküstü, bu kısa zamanda, sözlerinin yarım kalacağının bilinciyle, nerdeyse hep birlikte konuşuyorlardı. Çok şey konuştular, bu karmaşada, Sadık'ın annesine götürecekleri az şey kaldı akıllarında. Bildikleri gibi, otobüs bu küçük kentte fazla durmazdı. Şoför yardımcısının uyarısıyla hareketlendiler, bir kez daha Sadık'a sarılıp öptüler, bindi, otobüs hareket etti.

Bu da bir gelenek olmuştu: Yolculama için Tuzluca'ya kadar gidenler, dönüşte gurbete gidenin ailesine uğrayıp, bu kente kadar süren yolculuklarını, gidenin son selamını, sevgisini iletiyorlardı aileye. İşte şimdi bu nedenle Sadık'ın annesinin evdeydiler. Aslında kapıdan konuşup ayrılacaklardı. Ama kadın ısrar edince girdiler, Bahattin, Nahit bir de o kaldı. Diğerleri işlerinin olduğunu gerekçe göstererek erken ayrıldılar. Biraz önce kız çayları getirdi, annesi adıyla seslendi, o zaman öğrendi: Şiraze! Evet, Şiraze'ydi adı. Adını duyduğunda sıcak bir duygu bir kez daha yüreğini yalayıp geçti. Şiraze çayları dağıttı, bu kez hiç bakmadı ona. Bahattin, gidişlerini anlatıyordu, Sadık'ın söylediklerini kadına aktarıyordu. Kadın birden ona döndü:

"Annen nasıl, sağlığı iyi mi?" dedi.

"İyi."

"Baban rahmetli oldu, duydum, çok üzüldüm. Çok severdim babanı." Sustu, gülümsedi. "Ablamı sevmişti... O salak kız istemedi. Ne çok istemiştim ablamla evlenmesini."

Konuşurken gözleri yüzündeydi. Babasından izler aradığını düşündü kadının. Bakışları hâlâ çok güzeldi. Bir anda hüzne batmıştı kadın. Kısa bir süre kimse konuşmadı; sanki hepsi geçmişe gitti. Yine kadın bozdu sessizliği:

"Hey gidi günler... Hey gidi yalan dünya. 'Dünya bir pencere her gelen baktı geçti,' derler ya, doğru. Bir bakmak kadar kısa ve de yalan."

Sustu yine. Daldı gitti. Belli ki o günleri yeniden

yaşıyordu. O an kız girdi içeri. Önünden daha boşalmamış çay bardağını aldı, çıktı. Yenisini getirdi. Sehpaya koyduğunda:

"Sen ağabeyimin okul arkadaşıydın, değil mi?" dedi.

Şaşırdı. Hemen yanıt veremedi. Kızın annesi:

"Tabii kızım... Beraber ortaokula gittiler Sadık'la. İlkokulu da birlikte okudular."

Kız dikilmiş, gözleri gözünde, yanıtı ondan bekliyordu.

Bahattin'le Nahit'in de gözleri üzerinde, suskun, çaylarını yudumluyorlardı. Sanki bu işin sonunun nereye varacağını onlar da merak ediyordu.

"Doğru," dedi. "İlkokulun tamamını birlikte okuduk. Yalnız ortaokulda bir yıl, birinci sınıfta birlikteydik. Sonra ben gittim buradan."

"Söylemişti ağabeyim bir gün, ablan bize geldiğinde. Ona sormuştu sizi, birlikte ortaokula gittiğinizi söylemişti. O zaman ben Almanya'daydım, orada okula gidiyordum, babamın yanında"

"Öyle mi? Ondan hiç görmedim sizi."

"Evet... Ben sonra geldim, babam kaldı."

"O zaman, biz ortaokula giderken, şehirde bir fırın vardı. Büyük bir fırındı. Okuldan çıktığımızda ağabeyinle birlikte o fırına gider, sıcak ekmek, helva alırdık. Helva ekmek... sıcak fırında. Fırının içinde, ortadaki o büyük masanın önündeki sıraya oturur, helva ekmeğimizi öyle bir iştahla yerdik ki, doymak nedir bilmezdik. Orada, o fırında tadı bir başkaydı helvayla ekmeğin. O tadı hiç unutmadım. O günleri de... Biri helvadan söz etse, hemen orası, o fırın gelir aklıma. Bir başka günlerdi o günler... Şimdi de duruyor mu acaba o fırın?"

"Duruyor," dedi Nahit. "O sıra, büyük tahta masa aynı, olduğu gibi yerinde. Yine helva ekmek satıyor-

71

lar... Bazı şeyler değişmedi, bunun gibi. Hâlâ helva ekmekle karnını doyuranlar çok."

Bahattin anlamlı anlamlı baktı Nahit'e, gülümsedi. O:

"Gidelim mi bir gün oraya?.. O fırında bir kez daha helva ekmek yemek istiyorum."

"Gideriz," dedi Nahit.

Sustu bir süre. Niye bunları anlatıyorum, diye düşündü. Kızın annesi, arkadaşları çaylarını içerken, sessizce onu dinliyorlardı. Kız gözlerinin içine baktı. Buruk bir biçimde:

"Evet," dedi kız, "hepsini biliyorum."

Buna da şaşırdı. Nereden biliyordu? Annesi babasının, kız da kendisinin hakkında ne çok şey biliyordu. Oysa o, anne ile kızını neredeyse hiç tanımıyordu. Yalnızca soluk fotoğraf kareleri geçmişe dair; dokunan, saçlarını okşayan bir kadın, o kadar. Kız ise hiç yok...

Şiraze çıkmıştı odadan, Bahattin'in sesine irkildi.

"Hadi kalkalım artık."

Kalktılar, kadının elini öptü. Kadın da ona uzandı, dudakları yanaklarına dokundu, sıcacıktı. Yine ürperdi. Sanki Şiraze'ye dokunmuştu.

"Bize gel, gene gel," dedi kadın. "Gel de sana o günleri, babanın gençliğini anlatırım. Güzel günlerdi... Babana enişte derdim, ablamdan dolayı. Onlarınki bir başka türlü sevdaydı... Neyse, beklerim, mutlaka gel."

"Peki, geleceğim."

Çıktılar evden, tozlu yollara koyuldular. Hava çok sıcaktı. Sıcağın içindeki sessizliği yalnızca ağustosböceklerinin çığlıkları bozuyordu...

Sonraki birkaç gün, ona çok zor geldi. O bir günde yaşadıklarının etkisi hâlâ üzerindeydi. Sanki bir başka dünyaya yolculuk yapmış, daha yeni dönmüştü. Düş gibiydi. Bu düşün içinde hep onun, Şiraze'nin bakışları vardı. Birkaç kez rüyasına girdi. Birinde yine elinde bir bardak su, karşısına dikilmiş durmadan konuşuyordu. Bu kızı hâlâ çözememişti. Esrarengiz bir havası vardı. Bakışları, duruşu, bütün varlığıyla hiç tanımadığı, görmediği bir tipti gözünde. Solgun yüzünde, derin düşüncelerin, duyguların izi vardı. Aklında kalan buydu. Düşündükçe onun bu hali gitgide çoğalıyordu bilincinde. Nasıl biriydi? Onun dünyasında neler vardı?.. Almanya'da ne kadar kaldı, ne zaman döndü?.. Ayrılmış; biri burada, köyde, biri binlerce kilometre uzakta, bir yabancı ülkede yaşayan anne babanın bu yaşamları onu nasıl etkiledi? Bir orada, bir burada... Neyi okudu, nereye kadar okudu?.. Kime sormalı?.. En iyisi Bahattin'e sormalı. Nasıl soracaktı?..

Hep bunları düşündü. O akşam, kanalın başında, bir türlü cesaret bulup Bahattin'e soramadı kızı. Birkaç gün geçti, birkaç akşam kanal başı sohbetleri geride kaldı. Biraz unutur gibi oldu. Bu hoşuna gitti, "Böylesi daha iyi. Unutmalıyım. Ne olabilir ki?.. Yalnızca üzüntü, pişmanlık olur sonu," dedi kendine. Tam unuttum dediğinde, o gün ablası söyledi, kahvaltıda:

"Sadık'ın annesi, Gülsüm Abla dün geldi, seni sordu. Anlattı, evlerine gitmişsin, Sadık'ı yolculamışsınız askere. Bunları anlattı, babamı konuştuk, sonra da seni bugün, öğlende yemeğe davet etti."

"Yemeğe mi?"

"Evet, bekliyor."

"Yahu ben utanırım."

"Ne var utanacak? Koskocaman adam oldun, üniversitede okuyorsun... Kendi köyünde, köylülerinden utanıyorsun, ne demek bu?"

"Ne biliyim?.. Neyse tamam tamam abla, giderim"

"Git tabii, git!"

Gitti.

O gün öğlen sonrası, yemeğin ardından, hep babasına ve ablasına dair anılarını anlattı kadın. Çöktü dizinin dibine, zaman zaman gözleri doldu. Ablasının taş yürekli biri olduğunu söyüyordu. Sanki ona hâlâ kızgındı. "Çok güzeldi ablam," dedi. "Onun için, dünya güzeli derlerdi...Fakat neye yarar ki. Kimseye yar olmadı, özüne de. Sonu ortada işte... Ne yapacağı hiç belli olmazdı. Bir bakardın ölecek sevdiği adam için. Her haliyle aynı böyle, ölecek, öyle görünürdü. Çok sürmezdi. Çok sürmezdi bu hali, öyle değişirdi ki, görsen derdin tövbe bu kız o kız değil. İmkânsıza dönerdi birden her şey. İyi, güzel olan her şey kötü, çirkin olurdu onun gözünde. Düşman kesilirdi sevdiği adama... Sebebini kimseye söylemezdi. Onu seveni, ardına düşeni kul köle olurdu. Bu da yetmezdi... Yataklara düşer, hasta olurdu... Günlerce başı bağlı, yaslı gezerdi. O zaman bilirdim ki, gene içine kurt düşmüş, başka dünyalarda gezmektedir... Niye böyleydi, anlamazdım. Hasta mıydı? Kim bilir?.. Bu yüzden hiç mutlu olmadı. Kimseyi de mutlu etmedi. Babanla da böyle oldu. Baban onu çok sevdi, deli gibi sevdi. Ama ablamı yine bilemedik, sevdi mi babanı yoksa sevmedi mi, yoksa sonunda düşman mı kesildi, bilemedik. Yataklara düştü, bunu gördüm, gizli gizli ağladı, sebebini bilmedim. Belli ki baban da bilmedi, hiç kimse bilemedi... İşte, baban da bunları yaşadı. Hayatı darmaduman oldu. Terk etti gitti buraları. Döndüğünde ablam yoktu. Çoktan çıkıp gitmişti. Bir öğretmenle, hem de evli bir öğretmenle. Onun sonu da öyle oldu işte... Ablamın... Çok kötü, çok hazin. Gaziantep'te, bir hastanede veremden öldü ablam. Oraya gömüldü..."

Birkaç günde bunca farklı olayı yaşayacağını, duyguları tadacağını aklından geçirmemişti, yaşadı. Bir yemeği paylaştı onlarla, kıza takıldı gözleri. O gün yemekte Şiraze hep çevresinde oldu. Servis yaptı, boşalan bardağı hemen doldurdu. Durgundu, süzülmüş, bir

74

başka güzeldi. Yüzünde başka bir hava vardı. Hüzün, diye düşündü. Durgun, solgun bir hüzün. Yanından ayrılmadı, ta ki annesinin teyzesini anlatmaya başladığı ana kadar. Onu anlatmaya başladığında değişti Şiraze. Bir başka yüze büründü bu kez. "Neden?" diye sordu kendine, "Neden? Nasıl bir bakış o öyle? Böyle bir göz başka bir kızda, kadında var mı?" diye düşündü, yüreği yerinden oynayacaktı. Konuşmanın ortasında çıktı dışarıya Şiraze. Ardından baktı, sanki değişen, bozulan yüzünü içeride bırakmıştı. Ama fazla durmadı dışarıda, girdi. Kapının dibindeki divana ilişti, annesini dinledi aynı yüzle.

Annesi sözü bitirdiğinde gözlerinden iki damla yaş süzüldü, burnunu kanatlarından yere damladı. Eşarbının ucuyla sildi gözyaşlarını.

"Sen otur," dedi, kalktı, dışarı çıktı. Sanki kız bu anı gözlüyordu, o da kalktı yerinden, ama dışarı çıkmadı. Ona yöneldi, gelip önüne diz çöktü. Şimdi, gözleri yüzünde, yine o bakışlar, aşağıdan öyle bir bakıyordu ki, ne yapacağını şaşırdı. Kalkmak istedi, kız dizinden bastırdı.

"Niye geldin?"

"Nasıl?"

"Ne istiyorsun benden?"

"Ne mi istiyorum?"

"Annem teyzemi anlattığında neden hep bana bakıp durdun?"

"Yok! Sana bakmadım."

"Baktın! İnkâr etme... Bak yine öyle bakıyorsun."

"Nasıl?"

"Niye titriyorsun?"

"Bilmiyorum."

"Beni görür görmez sevdin değil mi?"

"Sevmek mi? Niye bunu söylüyorsun?"

"Sevdin değil mi? Cevap ver!"

"Sen?"

"Ben sordum..."

Kapı aralandı yavaşça, kız:

"Annem geliyor!" deyip uzaklaştı yanından. Çay bardaklarını aldı, kadın içeri girdiğinde o dışarı çıktı.

"Çay ister misin daha?" diye sordu kadın. Yanıt vermedi, kafası allak bullaktı. Az önce, rüyasında görse bile inanamayacağı bir sorgudan geçmişti. Bütün duygularını, kendine karşı neler hissettiğini biliyordu Şiraze. Gözlerinden okuyordu. Gün gibi belliydi zaten; bakışlarından, kızın dokunmasıyla titremesinden, renkten renge girmesinden belliydi. "Nasıl bir kız bu böyle?" diyordu içinden. Kendi geçmişini, geldiği kenti, üniversiteyi, arkadaşlarını düşündü. Buraya, bu köye gelinceye kadar böyle bir duyguyu hiç yaşamamıştı. Sanki sevdalar, ilişkiler onun için ertelenmesi gereken, henüz zamanı gelmemiş yaşamlardı. Bilinçaltında hep sonraya ertelenmişti. Belki de bundandı, böylesine etkilenmesi?..

Birden kalktı.

"Çok teşekkür ederim yemek için, çok güzeldi, gitmem gerekiyor," dedi.

"Daha buradasın değil mi?" dedi kadın.

"Buradayım, yazı köyde geçirmeyi düşünüyorum."

"İyi. Gene gelirsin."

"Tamam, sağ olun."

Tam çıkıyordu, Şiraze girdi.

"Gidiyor musun?" diye sordu.

"Evet, şehre gideceğim."

"Güle güle," dedi, o hınzır gülüşü yüzüne asılıp kalmıştı.

Çıktı, orada düşündü, kapının hemen dışında, yola adımını atmışken; huzurunun bozulduğunu, artık gecesiyle gündüzünün bir olacağını düşündü; içine kocaman bir acı çöktü. Döndü, toprak damlı eve baktı, kız pencerede, onu izliyordu; umutsuz, anlamsız bir yüz ifadesiyle bu kez. "Nasıl bu kadar çabuk değişiyor, anlamak mümkün değil," dedi kendi kendine; o umutsuz bakışı kendi umutsuzluğuna kattı, uzaklaştı yine o can sıkıcı, yalnızlık kokan sokakta...

Aradan kaç gün geçti, anımsamıyordu. Bir gün yine o evden çıktı, kapıyı sıkıca çekti, ardından gelmemişti, kapıda bekledi, annesi hiddetli bir öfkeyle:

"Nedir senin bu halin? Dağıldın gittin!.. Sarardın soldun. Bilmediğimi sanma! Her şeyi bildim, niye bu hale düştüğünü!.. Vazgeç! Bırak bu oğlanın peşini. Ondan sana yâr olmaz. Siz birbirinize yâr olamazsınız!"

"Neden anne?"

"Neden mi?.. Size baktığımda babası, ablam gelir gözlerimin önüne. Kadere bak!.. Bunu da mı görecektim! Öz kızım, öz bacımın sonunu mu yaşayacak? Oyun oynuyorsun!.. Sonu kötü olacak!"

"Ne diyorsun anne! Ne oyun oynaması? Oynamıyorum!.. Beni teyzeme, sonumu da onun sonuna benzetmekten vazgeç artık! Bana hep böyle davrandın, küçüklüğümden, çocukluğumdan bugüne böyle... Ona benzediğimi düşündün, sonumun da onun gibi olacağını anne! Bunu söyledin, teyzene benziyorsun, sonun benzemesin, dedin. Gözümün içine bakarak kaygıyla, korkuyla dedin anne!.. Korktun ve beni de korkuttun. Daha ergenliğime basar basmaz söyledin. Olabilir, benziyor olabilirim. Ama sonum niye onun sonu gibi olsun anne?.. Kimsenin sonu bir başkasının sonu gibi olmaz anne! Böyle şey yok!.. Ona gelince, sevdiğim adama... Evet, sevdiğim adam diyorum bak, sevdiğim... Yüreğimde bir yangın var anne. Yangını o başlattı. Asıl bundan korkuyorum. O beni sevmiyor, yalan hepsi. O büyük kentten geldi, orada arkadaşları var, kız arkadaşları, gidecek, günün birinde sevgilisi onlardan biri olacak, ben değil!.. Anlıyor musun benim durumumu? O gidecek! Bundan korkuyorum, o gidecek ben değil. O gidecek o! Bunu anla anne! Evet, teyzemin sonunu yaşıyacağım, beni öldürüp gidecek anne!"

Bir süre sessizlik oldu. Sonra kızın içli içli ağladığını duydu. Kadın, söylediğine pişman bir ses tonuyla, ağır ağır konuştu:

"Ne deyim kızım... ne deyim!.. Şaşırıp kaldım, bilmem ki ne olacak sonu?"

"Dur anne, bana karışma! Ben ne yaptığımı biliyorum."

Kapıyı açıp içeri girmek, bütün gücüyle: "Seni seviyorum Şiraze! Seni çok seviyorum!" demek geçti içinden, korktu. Babası geldi gözlerinin önüne, yaşadıkları, bir ömür süren mutsuzluğu, vazgeçti. Hızla uzaklaştı evden, ablasına gitti, içeri girdi, üç gün dışarı çıkmadı. Sabahtan akşama kitap okudu; roman, öykü, durmaksızın okudu, onu unutmak için. Sonra yine arkadaşlarına katıldı. Onlarla gününü geçiriyor, unutmaya çalışıyordu. O gün de fırına gittiler, kasabaya. Fırın bıraktığı gibi duruyordu. Büyük tahta masa, iki yanında uzun sıralar. Oturdular, Musa, Bahattin, Nahit, karşılıklı; iştahla helva ekmek yediler. O günleri bir kez daha yaşadım, dedi kendine. Okulun yolunu, kıvrıla kıvrıla giden eski çarşıyı dolaştılar, Belediye Parkı'nda çay içtiler. Akşamüzeri döndüler köye. Odaya girdi, bir kitap aldı, divana uzandı. Aklı yaşanan günde, okumaya çalışıyordu, ablası kapıyı açtı.

"Bak kim geldi?"dedi.

"Kim?"

Ablası çekildi kapıdan, Şiraze kapıdaydı. Öyle baktı, kısa bir an, sonra;

"Girebilir miyim?" dedi. Ablası uzaklaştı.

"Tabii... Gir."

Kız girdi, kapıyı kapadı. Bir süre kapının ardında, ayakta ona baktı. Sanki kararsızdı yapmak istedikleri konusunda. Sonra yürüdü, sarıldı, başını göğsüne gömdü. Öyle kaldı. İkisi de konuşmadı. Sonra, usul usul ağladığını hisseti kızın.

"Ne oldu Şiraze?" dedi.

"Niye gelmedin? Niye bana görünmedin?"

Yanıt veremedi, ne diyeceğini bilemiyordu. Kızın kolları boynundaydı, gövdesi gövdesine yapışmıştı. Hiçbir zaman aklında geçirmediği bir anı yaşıyordu şimdi. Ne diyecekti, hangi sözü verebilirdi? Hiiç!.. Kocaman bir hiiç! Ondan korkuyordu. Nedenini de tam bilmiyordu, ama ondan korkuyordu. Bildiği, hep kulağına fısıldanan masallara benzetiyordu ilişkilerini. Sonu yok! Sonu ayrılıkla bitmeye yazgılı masallara. Mutlu bitmesi olanaksızdı. Ama buna da gönlü razı olmuyordu. Mutsuzluk da istediği değildi ki, ayrılık da... Ama işte böyleydi, sonu böyle olmaya zorunluydu... Günlerdir bunu düşünüyordu. Günlerce süren düşünmenin, alıp vermenin, usunda durmadan tartışmanın sonunda bu karara varmamış mıydı? Varmıştı, varmıştı...

Çekildi geriye, kızın kollarını indirdi.

"Doğru değil bu," dedi.

"Neden?"

"Bilmiyorum... Sanki zaman doğru zaman değil. Belki aşk başka şey."

"Aşk başka şey mi?.. Bana da anlatsana bu aşkı. Nasıl şeymiş, bana da anlat."

"Anlatamam... Ben de bilemiyorum..."

"Ben biliyorum. Korkuyorsun. Bu geçmiş, babanla teyzemin geçmişi... Annemin saçma benzetmeleri... Ben biliyorum. Bundan korkuyorsun... Saçmalık. O kadar çok onlarınkine benzer aşk hikâyeleri var ki buralarda, anlatmakla bitmez. Daha Almanya'dayken duymuştum. Oralara kadar gelip anlatılıyordu. Sonu mutsuz bitenler, mutlu bitenler, intiharla bitenler, yani ölümle... Ama sen o hikâyelerdeki sevdaların birini bile yaşamayı göze alamazsın. Çünkü sen annemden daha çok takmışsın o mutsuz aşk hikâyesine. Devam et, nerede başına geleceği belli olmaz, devam et!"

Döndü, hızla kapıyı açtı ve çıktı. Ardından baktı. Sonra yürüdü kapının ardında durdu. Gidip kolundan tutup getirmeyi düşündü bir an, vazgeçti...

O günden sonra bir başka insan oldu. Bunu söylüyordu kendi kendine, ben niye böyle oldum, diye. Huzuru kalmadı. Okuduğunu anlamıyor, hiçbir şey ona yetmiyordu. Ne bu köyden gidebiliyor ne de kalabiliyordu. Kaç kez Şiraze'yi görmek için evlerine gittiyse de onu görmedi. Biliyordu yakındaydı. Belki de yandaki odada, kapının ardında. Ama görünmüyordu.

Dayanamadı daha fazla, bir gün kızın annesine:

"Abla!" dedi, dizinin dibine çöktü. "Abla geberiyorum Şiraze için, abla! Şiraze için ölüyorum... Gecem gündüzüm kalmadı. Huzurum gitti, dengem bozuldu. Ben ne yapacağım abla?"

Kadın:

"Bilirim," dedi. "Bilirim hem de çare yok."

"Neden yok abla?"

"Baban var ya baban, işte bir de ablam... Onlar kimin olacak sonunuz. Olmasın, yazıksınız, sen git, okuluna git, daha gençsiniz, önünüze daha neler çıkacak git oğul. Vazgeç bu sevdadan. Sen, kızım... ablam, baban... Nasıl olur, dedim kaç gündür?... Demek olur... Alınyazısı herhal... Ama bozun bu alınyazısını... Bile bile harap olmayın. Vazgeçin, bozun... Baban bir gün bir söz söylemişti, iyice yoksul düştüğü zamandı. Ablama olan sevdasından harap olduğu günlerdeydi. Demişti ki bana: 'Gülsüm, Gülsüm, bak ne hale geldim Gülsüm!

Gönlümün şirazesi bozuldu!' demişti. O günkü yüzü, gözleri bugün hâlâ gözlerimin önündedir. O çaresizlik... Bu sözü çok sevmiştim. Kızımın adı niye Şiraze'dir? Bunun için. Söylediği bu söz hiç aklımdan çıkmadı. Ne zaman daralsam, geçmiş günler aklıma gelse; Almanya'da kalan, hiç geri dönmeyen Şiraze'nın babasını düşünsem, geçmişimi, bu söz aklıma gelir hep. Belki bunu önceden de duymuştum. Fakat o günden sonra hiç aklımdan çıkmadı. Gönlümün şirazesi bozuldu!.. Ben kızımı bilirim oğul. Sana geldi, boynuna sarıldı, ağladı, bunları da bilirim. Hem de onu iyi bilirim, huyunu, suyunu, gönlünü... O inanmıyor, kader falan yok, dedi. Ne var ki bu sevdanın sonunun olmadığını da bilir. Git, oğul git!.. Şirazeniz bozulmadan git oğul, git!"

Öyle donup kalmıştı. Kadının sözleri, sesi kulaklarında yankılanıyordu. "Git!", sözüne takılmıştı. Hayatında onu hep heyecanlandıran, uzakları düşündüren ve bu düşün ardından yollara düşüp buralara, doğduğu topraklara getiren, "gitmek" isteği, şimdi bambaşka anlam yüklenmişti. Şimdi nereye gidecekti? Gidebilir miydi?

Kalktı, çıktı. Ardına bakmak istemiyordu. Şiraze, ardında, penceredeydi, perdenin ardında, biliyordu, adı gibi biliyordu. Yüzünü merak ediyordu şimdi, delicesine bir merak. Bir de... Bir de içinden bir ses, konuşulanların hepsini duydu, kapının ardındaydı, duydu, diyordu. Şimdi de pencerenin ardında seni yolcu ediyor. Dayanamadı, döndü. Evet, oradaydı! Toprak damlı evin yeşile boyanmış demir parmaklıklı penceresinde. Perdeyi, yüzünün görüneceği kadar açmış, orada işte! Öyle umutsuz, öyle solgun bakıyordu ki, bir çivi saplanmış gibi sancıdı yüreği. Ona baktı ve, "Gönlümün şirazesi bozuldu Şiraze!" dedi. Kız sanki bu sözü duydu, geriye çekildi, pencere boş kaldı.

BABA BUGÜN DALDALANIM

"Oğul bugün
Daldan alım
Dalım yok daldalanım
Oğul bugün
Ben feleğe neyledim
Koymuyor daldan alım
..."

(Uzun hava)
Yöre: Diyarbakır
Kaynak Kişi: Celal Güzelses
Okuyan: Ramazan Şenses

Dalımı, kalın gövdesiyle, saçaklı dallarıyla her esintide görkemli bir gösteri sunan o koca çam ağacına dayadım. Dayadım da ne yaptım? Hiçbir şey. Öyle sustum, biraz daha koyu hüzne battım. Biraz daha içimden ılık ılık sular aktı, yüreğim pır pır esip durdu.

Bugün üçüncü akşam, üçüncü daldalanmam.[1] Öğlenden sonra yola koyuldum. Bu koca kente değil de, sanki doğup büyüdüğüm köyümden o küçük, şirin kasabamıza; solgun, sessiz kasabamıza yolculuk yapıyordum.

İşte sonuna gelmiştik. Birkaç aydır gece gündüz inşaatında çalıştığım bu gazino, Caddebostan Gazinosu, yüzünü artık şen şakrak gülüşlere, günün moda şarkılarına, şuh kahkahalara çevirmeye hazırlanıyordu. Kan ter içinde, istenilen zamanda yetiştirmek için durmadan, soluklanmadan çalışmıştık inşaatında. Çam ağaçlarının altında, yeşilin, deniz mavisinin hâkim olduğu bu güzel bahçe, bugünden sonra kapılarını, ünlü bir gazino olarak, zengin müşterilerine, popüler şarkıcılara, Yeşilçam oyuncularına açacaktı. Şimdi asıl yüzünü giyiniyordu; allanıp pullanıyor, güzelleşiyordu Caddebostan Gazinosu.

İnşaatın bitiminde, ortalığın temizlenip pırıl pırıl yapılmasından sonra masaları, sandalyeleri, ocakları, kap kacağı; velhasıl büyük bir kalabalığın oturup yiyip

---
[1] Daldalanmak: Sığınmak.

85

içeceği araç gereci, kamyonlardan, kamyonetlerden indirip gazinoya taşıdık, ter içinde. Bundan sonra bir değişti, bir güzelleşti ki gazino; dönüp dönüp bakmaktan kendimizi alamadık. Kim bilir, bizden sonra burada neler yaşanacaktı, neler?..

İşimiz bitiyordu. Bulabilirsek, bundan sonra, her birimiz bir başka yapıda, yapı ustası, usta yardımcısı, amele olarak çalışacaktık. Bulabilirsek!.. Kolay değildi, biliyordum ve iş aramayı hiç sevmiyordum. İnşaatları dolaşmak, ilgili adamı bulup, işçiye ihtiyacınız var mı, diye sormak; çoğundan "Yok, işçiye ihtiyacımız," yanıtını almak bir karabasandı, biliyordum. Ama ne yaparsın? Burada, gazinonun inşaatı bitiyordu işte. Ne güzeldi, günlerdir işsizlik derdimiz yoktu. Bir iki gün sonra olacaktı. Olacaktı, yollara düşecektik ki, o akşamüzeri bir çoğumuzun "kaderi" değişti. Sıcak yüzlü, sevecen ihtiyar patronumuz, o eski film yönetmeni topladı bizi, güzel güzel konuştu.

"Sağ olasınız çocuklar... Elinize, kolunuza sağlık. Planladığımız zamandan da önce bitti gazinonun inşaatı... Kaç aydır birlikte çalıştık, umarım memnun ayrılırsınız buradan. "

Kalabalıktık, kalfasından ustasına, amelesine otuz kişiden çoktuk. Hepimiz ona bakıyorduk, patrona. Bir kez bile içimizden birine kızdığını, bağırıp çağırdığını görmemiştik. İnşaatı sessizce dolaşır, göz göze geldiklerine gülümserdi. Tonton halini, yumuşak yüzünü seviyorduk. Hepimizin babası olmuştu; seven, okşayan, sahip çıkan bir baba gibi davranmıştı bize, işçilerine.

Bize gönül alıcı birkaç söz daha söyledikten sonra ustabaşına döndü, ona isteğini yine sakin, yavaş bir dille anlattı. O konuştuğunda her şey ağırlaşıyordu sanki. Bir huzur gelip sarıp sarmalıyordu beni. Babam aklıma geliyordu, babam!.. Onun konuşması, yavaşlığı, durgun gözleri, yumuşak, derisi buruşuk elleri...

"İşçilerden çalışmak isteyenleri, tabii becerisi olanları garsonluk için, mutfak için ayıralım Mahmut... Deneyip bakalım, biliyorsun gazinoda en çok onların emeği var, isteyen, yapabilen kalsın."

O anda, bu ayrılacakların, burada garson olacakların içinde kendime hiç mi hiç şans vermiyordum. Benim burada garson olarak kalmam söz konusu olamazdı. Ama hayat işte. Bazen böyle küçük, tatlı, "ben ne kadar şanslıyım," dedirten oyunlar oynar size, şaşırır kalırsınız. Bir küçük, tatlı oyunu da bana oynamıştı hayat. Bu konuşmamın ardından, kendimi içinde hiçbir zaman bir garson olara düşleyemediğim bu gazinoda, akşamdan gece yarılarına kadar masaların arasında garson olarak koşturur buldum. Yaşamlarını doğru düzgün bilemediğim bir garsonlar grubunun içinde komi garsondum artık. Bir de, patronun almış olduğu bu karar, benim biraz daha İstanbullu olmamın yolunu açtı. Asıl önemli olan da buydu benim için, İstanbullu olmak!.. Ona yakın olmak, kara gözlü kıza!.. Oysa ben şansızdım, hiç yüzüm gülmemişti, böyle biliyordum kendimi. Ben, dalı olmayan,[1] daldalanamayan biriydim. Bu da bana babamdan miras kalmıştı. Evet, sanki bir yazgıydı bu. Babam içlendiğinde hep böyle derdi, yazgı! Çünkü onun da dalı yoktu. Yaşamı boyunca dalsız olmanın hüznünü, kederini bir gölge gibi yüzünde taşımıştı. Bir gölge gibi!.. Bu da uzun zamandır takılmıştı aklıma. Yüzü. Babamın yüzü!..

Şimdi ben, nereden bilebilirdim, bugünden sonra yeni bir yaşama başlayacağımı; farklı bir mekânda, içimde sakladığım, sıkıştırdığım duygularımla daha çok yüzleşeceğimi? Nereden bilebilirdim, bu yoğun, bu sel olmuş duyguların içinde, sırtımı o koca çam ağacına dayayıp, "Dalım yok daldalanım," diyen, o güzel sesli adamı, o uzun hava ustasını dinleyeceğimi? Nere-

---

[1] Dalı olmayan: Kimsesi olmayan, sahipsiz.

den bilebilirdim, dinleyip dinleyip hüzne, kedere batacağımı ve bundan sonra bir sözün aklımdan hiç çıkmayacağını, nereden?..

Demişti ki;

"Dalsızın biri o!.. Nerden gelmiş, kimdir? Hani nerde anası babası? Gitsin kendi göre, kendi ayarında bir kız bulsun!"

Bu sözü o kızın babası, "Çukur Mahalle"de, gönlümü kaptırdığım, yüreğimi dağlayan o kızın babası söylemişti. Kötü bir yüzle söylemişti; küçümseyen, yok sayan bir yüzle. Bundan sonra da bu sert, bu soğuk adamın hiçbir zaman yumuşamayacağını; hüzne, acıya benden besbeter batmış bir kara gözlü kıza, bu günden sonra daha çok tutulacağımı, belki de ona hiçbir zaman ulaşamayacağımı, nerden bilebilirdim?.. Kim bilir?

Nihat Ağabeyim, gazinonun inşaatında ustabaşı olan, dayımın sevgili dostu, Sivaslı Nihat Ağabeyim geldi. Kızıltoprak-Fikirtepe güzergâhından, tarlaların içinden geçip, Göztepe sırtlarına, oradan Çukur Mahalle'ye yürüyerek gitmek için işçi barakasında toparlanıyordum, geldi, bana baktı sonra da;

"Ne yapıyorsun?" diye sordu.

"Hazırlanıyorum," deyince, emir verir gibi konuştu:

"Bırak onları!.. Bırak o eski yırtık iş elbiselerini. Bir yere gitmiyorsun!"

Güzel bir iş yapmış olmanın gönenci bütün halleriyle yüzündeydi işte. Hep böyleydi o. Doğru işler yapardı; herkesin işine yarayacak, etrafını mutlu edecek işler. Bundan duyduğu gurur yürüyüşüne, bakışlarına yansırdı. Dik yürürdü. Herkese selam verir, bir derdi, sıkıntısı olanın yanında olurdu her zaman.

Bunları düşünürken, Nihat Ağabeyime dair, öyle çakılıp kalmıştım.

"Ne yapacağım?" dediğimde,

"Komi olacaksın, hadi yürü! Ana binada elbise veriyorlar. Sonra da yıkanmaya gidilecek, hamama," dedi. Nihat Ağabey! Sivas'lı Nihat Ağabey! Yolunu değiştiren Nihat Ağabey! Ne güzel bir insandın, dayımın dostu, sıcak kanlı Nihat Ağabey...

Kaldım. Hem de hayatında bir gün bile garsonluk yapmamış olan ben, Caddebostan Gazinosu'nda, bir şef garsonun yamağı olarak kaldım. Gazinonun açıldığı ilk gün yardımcısı olduğum şef garsonum gidip kafasını çam ağacının kalın gövdesine öyle bir tosladı ki, korktum; ne yapacağımı bilemedim. Ne yapıyor bu adam? Niye böyle hiddetlendi, diye kendime soruyordum, o:

"Seni kim aldı buraya?! Kim?" diye bağırdı bana. Alnının ağaca çarpan yeri morarmıştı. Sanki damgalanmıştı. Oraya, lekeye takılmıştı gözlerim. Benden yanıt alamayınca bu kez, "Sana daha önce garsonluk yapıp yapmadığını sormadılar mı?" diye sordu aynı öfkeyle.

"Hayır, sormadılar," dediğimde, zavallı, çaresiz bir adamın bakışıyla baktı bana. Öyle bir baktı ki, kendimi unuttum, ona acıdım. Çünkü haklıydı öfkesinde. Caddebostan Gazinosu'nda komilik işi benim becerebileceğim iş değildi ki. Nihat Ağabey işte... Demek ki onun yüreğinin iyi yanı bunu hesaba katmamıştı. Olur gider, öğrenir, diye düşünmüştü. Oysa ben, harç taşımaya, beton karmaya, ustanın istediğini anında bulup vermeye alışmıştım. Ben bir inşaat işçisiydim. Buradaysa, buranın usulüne göre ne sofra açabiliyordum, ne çatal bıçak dizmeyi ne de toplamayı becerebiliyordum. Bende, bir garsonda olması gereken becerinin bir teki bile yoktu. Şef garsonum kendini dövüyordu. Sonra dönüp dönüp bana bakıyordu; üzgün, çaresiz bir yüzle. Sahnenin dibindeki o en kalabalık, çok yiyip içenlerin bulunduğu bölümün şef garsonuna, bula bula beni bulup komi vermişlerdi. Olacak iş miydi?.. Böyle düşündüğünü biliyordum. Bunu bakışlarından anlıyordum. O saatten sonra değiştirilmem, yerime bir başkasının verilmesi de mümkün görünmüyordu. Müşteriler durmaksızın bir şeyler istiyorlardı. Ne var ki bu isteklerinin çok azı yerine geliyordu. Gürültünün içinde bağırıp duruyorlardı. Durum felaketti şef garsona göre. Ne yapabilirdi ki? Şunu ver, bunu kaldır, diye sesleniyordu bana. Verdiklerim, kaldırdıklarım yetmiyor, öfkeden olacak, solgun ışıkların altında yüzü bir tuhaf görünüyordu; ben bu halinden korkuyordum. Masaların arasında, ondan uzak durarak, düşürdüğüm bardakları, çatal kaşığı yenileriyle değiştiriyordum. Bir zaman sonra, müşterilerin çoğu bunu fark etti. İçkilerini yudumlarken bir ona bir bana bakıyorlardı şakın şaşkın...

O günün programı, iç sıkıntılarımla boğuşarak; içimden, "Buraya kadar komiklik işin oğlum! Seni artık burada tutmazlar," diyerek, gecenin geç saatinde bitti. İlk toplantı mutfağın önünde yapıldı. Patronumuzla bundan sonra da, her gece, iş bitiminde bu toplantılar yapılacaktı. Toplanmıştık, yorgun, uykusuzduk, bir tek benim şef garsonum hariç. O bütün öfkesini bu saate bırakmıştı. İlk sözü de o aldı, büyük bir hiddetle sordu sorusunu:

"Bu çocuğu kim işe aldı baba? Çatal kaşık tutmasını bilmeyen, iki tabağı taşımasını beceremeyen bu çocuğu?.. Hem de en kalabalık bölüme, bana komi vermeyi kim akıl etti baba?"

Donup kalmıştım. Beni göstermişti konuşurken. Parmağı bana yöneldiğinde kopmuştum oradan, orada olanlardan. İçimden ne yapmam gerektiğini söylüyordum kendime: "Hadi yarım kalan işini tamamlamaya, pılını pırtını toplamaya hazırlan," diyordum ki, "Baba" nın sesiyle irkildim. Bana soruyordu:

"Sen hiç garsonluk yapmadın mı oğlum?"

Öyle yumuşak, öyle sıcak bir sesle sormuştu ki, babamı anımsadım birden. Az daha ağlayacaktım.

"Yapmadım."

Yüzüme baktı, gecenin bu saatinde, solgun ışıkların altında hafifçe gülümsedi.

"Peki... Sen yarından itibaren o en sondaki masalar var ya," dedi, sustu. Ne diyecek, sözü nasıl bitirecek diye, yüreğim ağzımda, bekledim. Gözleri birini arıyormuş gibi üstümüzde dolaştı.

"Oranın şef garsonu kim?" diye sordu bu kez.

Kalabalığın içinden birisi:

"Benim baba," diye yanıtlayınca,

"Bu çocuk senin yanında çalışacak, Muhtar," dedi.

Nedense aklıma babam takılmıştı. Çekildim bir kenara, çamın gövdesine verdim dalımı, ağladım; orada olanlardan saklayarak gözyaşlarımı.

Dayıma gittim birkaç gün sonra, Çukur Mahalle'ye. Gazinonun barakasında, benim gibi evsiz barksız olanlarla birlikte kalıyordum. Dayımı da bir özlemiştim ki burnumda tütüyordu kokusu. İçtiğinde komikleşen halini, beni gördüğünde ışıyan, biri kısık gözlerini... Bir de o kız, kara gözlü kız! Dayımın evine bitişik evlerinin bahçesine çıktığında bana bakışlarını, yüreğimden atamadığım titrekliğimi, ürpertilerimi...

Dayım evde yoktu. Yüreğim dalımı dövüyordu. Onu görebilecek miydim, kara gözlü kızı? Yengeme yalvaracaktım: "Yenge n'olursun git evlerine! Çıkar onu bahçeye, çıkar, ne zamandır görmedim, bir kez görüyüm, hadi yenge!.. Bir de... Bir de konuş anasıyla, bak artık devamlı işi de var de," diyecektim.

Dedim. Yengem çıkardı kızı. Yüreğime su serpildi. Annesiyle, kamıştan örülü çitin ötesinde, bahçede, küçük bir masanın etrafında güzel güzel konuştular. Sonra kadın girdi evden içeri, kocasıyla çıktı. Şimdi bahçede, karşılıklı konuşuyorlardı. Kız geldi, bir tepsiyle, çaydanlıkla geldi, çay servisi yaptı. Biraz uzağa oturdu, bir tahta sandalyeye. Sonra kalktı, çayları tazeledi, uzaklaştı masadan. Bir ara bana baktı; kırk yıllık bir yabancı gibi baktı. Solgundu. Ne olduğunu anlayamıyordum. Biliyordum, bana karşı duygularını biliyordum; bakışlarından, yengeme söylediklerinden, gecekondudan çıkıp gittiğimde çitin dibine dikilip ardımdan bakışından biliyordum. "Kara gözlü kız!" diye seslendim içimden. " Ne oldu sana, niye yabancı oldun birden? Neden anlamsız, boş bir yüzle bakıyorsun bana?"

Yanıtı yoktu. Yanıtı yengem getirecekti, meraktan geberiyordum.

Çok sürmedi, hışımla, öfkeyle sandalyeden kalktığını gördüm yengemin. Konuşmanın kötü bittiğini anladım, yüreğim burkuldu. Geldi, bahçedeydim; kışlarında, kasımpatıların beyaza gömdüğü gecekondunun küçük bahçesinde. Öyle dikildi ayakta, bana baktı. Sonra anlattı kızgın, kararan bir yüzle:

"Dedim anasına, dedim ki, bak, artık devamlı bir işi de var yeğenimizin. Verin kızı. Birbirlerini seviyorlar, dedim. Gitti kocasıyla içeride konuştu. Sonra geldi, olmaz, dedi. Orospu! Olmazmış!.. Niye, dedim. O sözü dedi gene...Takmışlar kafalarına. Nasıl kızdım, deli oldum... Kimi kimsesi yok, dedi. Biz kimsesiz birine kızımızı vermeyiz, dedi... Dayısı var, dedim... Kim dayısı, o alkolik mi? Emekli maaşının yarısını alkole verir, onunla ne olacak, demez mi?.. Açtım ağzımı, yumdum gözümü. Kendine bak öyle danış, dedim. Onun dayısı koskoca okuldan emekli oldu. Alnının akıyla, namusuyla... Ne emeklisiymiş, profosor mu oldu emekli oldu, deyince elim ayağım karıncalandı. Gözüm bir şey aradı, bir bıçak, bir şiş, alıp sokacağım böğrüne. Nalet şeytana, dedim kendi kendime, sonra döndüm ona, benim kocam hademeydi ama gören herkes onu öğretmen sanırdı. Çiçek kimin adamdır, çalışkandır, dürüsttür, onun için sevildi, sayıldı, şimdi de sayılır bir adamdır, hem de adam kimin adamdır! Bir tane adam göster sülalende onun kimin, sonra adını ağzına al kocamın, yoksa o ağzını yırtarım, dedim... Kocası ne yapacağını bilemedi, karısına bağırdı, sövdü, ben de kalkıp geldim. Kızı görecektin, Şerbet'i, yavrum, çiçek kimin sarardı soldu..."

"Şerbet!.. Sararmışam solmuşam, bulut kimin dolmuşam..."

Aklıma bu geldi, türkü, yengeme mırıldandım, kalktım, bulut gibi dolmuştum, vurdum yokuşa, Fikirtepe'ye doğru, sabaha kadar yürüyecektim. Sonra işim geldi aklıma. İşim var, işim! Hem de Caddebostan Gazinosu'nda, dedim kendime, geldiğim yola koyuldum...

Gecenin bir vaktine geldik. Saatlerdir alkol kokularının içimi duman ettiği mutfakla, gazinonun sahneye en uzak köşesindeki masaların arasında gide gele, ayağıma kara sular indi. Daha gün batmadan, herkesten önce Göksel Arsoy geldi. Arabasıyla geldi, şarkı da söylüyormuş, bunun için gelmiş, koş dedi şef garsonum, yardım et, dedi. Koştum, valizini aldım, soyunma odasına kadar birlikte yürüdük. Güler yüzlü, sıcak bir adam. Bana, "Seni işinden aldım, sağ ol," dedi. Sonra Sevim Tuna geldi. Çok güzel bir kadın Sevim Tuna. Gülüşü, kahkahaları gazinoda çınladı. Sahnede, saz takımıyla prova yaptı. Mutfağa giderken durdum sahnenin dibinde, onu dinledim. Gördü, gülümsedi. Sonra bir ağır şarkıya girdi, uzaklaştım oradan... Sonra, akşam karanlığında diğerleri sökün etti: Sevda Ferdağ, Fikret Hakan, Müzeyyen Senar kol kola geldiler. Gözüm birini aradı, en çok sevdiğim artisti, Yılmaz Güney'i, o gelmedi. Erol Taş geldi, koca heybetli haliyle. Tanımadığım adamlarla Hülya Koçyiğit geldi çok güzel gülüyordu, Salih Güney ve daha birçok film yıldızı, şarkıcılar, türkücüler geldiler, gazino şenlendi.

Birden geldiler, çok kalabalık oldu. Hangi birine yetişeceğimi şaşırdım. Ne çok bulaşık çıkıyordu, taşı taşı bitiremiyordum. En çok da mutfakta, kızartıyım derken çoğunu yaktığım ekmeklere üzülüyordum. Bir de alkol, midemi allak bullak eden alkol kokusu. Hayatımda ağzıma alkol koymamıştım, zaman ilerledikçe kokusu serseme çevirdi beni. Yalnız ben koşturmuyordum, benim gibi diğer garsonlar, komi arkadaşlar da öyleydi. Büyük bir telaş içindeydik...

Bu koşturmanın içinde başladı şarkılar. Sevim Tuna, son zamanlarda dillerden düşmeyen o şarkıyı, *"Sonbahar Rüzgârları"*nı çok güzel söyledi. Gazino dolmuştu. Ön masalarda yer yoktu, arkaya doğru biraz seyreliyordu. Yediler içtiler müşteriler, büyük bir gürültünün içinde, sonra, gece yarısına doğru, yavaş yavaş ağırlaştılar, biz de ağırlaştık.

Yengemin yüzü gözümün önünden gitmiyordu. Onu düşünürken, saz yanık bir uzun havaya yol veriyor. O sızılı ses, yüreğimi avucuna alıp sıktıkça sıkıyor. *"Oğul bugün daldan alım... Dalım yok daldalanım..."* Gözüm Nihat Ağabey'i arıyor, Sivaslı Nihat'ı. O benim dalım değil mi? İlle babamın, kardeşimin mi olması gerekir? Dayım var, beni buraya sokan Nihat Ağabeyim var. Onlar benim dalım... Gözüm Nihat Ağabey arıyor bir kez daha. Onun şef garson olduğu bölüme bakıyorum, yok! Hayret! Nasıl burada olmaz? Nerdesin Nihat Ağabey!.. Nerdesin! Bu uzun havayı okuyan o güzel sesli Ramazan Şenses'e diyeceğim ki, benim de dalım var, bak bu benim dalım, Nihat Ağabey diyeceğim. Nerdesin?.. Ama yok, yok!..

Zaman ilerliyor. Türküler, şarkılar, kahkahalar, ses

vericilerinden, çam ağaçlarının dallarına, oradan deni-
ze, boşluğa dalga dalga yayılıyor. Sonra gitgide unutu-
yorum sesleri, kendi içimdeki ses ağır basıyor. Sorular,
sorular... Hepsi başka seslere karışıyor. Bir ara çınarın
kalın gövdesine dayanıp o uzun havayı içimden söylü-
yorum. Kedere batıyorum iyice. Geceyi yitiriyorum.
Sanki gece gündüz, diye bir şey yok. Gece ve gündüz
ortadan kalktı. Her an, her saat böyle oldu, şimdiki gi-
bi: Solgun, renksiz, bir sis perdesinin ardında ayırt edi-
lemeyen bir hava... Şarkılar sustu. Ben de sustum, gön-
lüm de. Kimsesizlik... Arada bir solgun yüz, yüzümü
yaladı, soluğunu hissettim. Yavaş yavaş hava değişti,
eski haline döndü. Şimdi ne yapıyor? Şu an, derin bir
uykuda mıdır?.. Beni düşündü mü?.. Neler planlıyor
geleceğine dair?.. Ben var mıyım bu gelecek tasarısı-
nın içinde?.. Kim bilir; belki de?..

Sanki biri bana sesleniyor. İlkin oraya, müşterile-
rin arasında dikilip duran şef garsonum Muhtar'a bakı-
yorum. Onun gözü müşterilerin üzerinde, beni unut-
muş. Etrafa daha bir dikkatli bakıyorum. Yiyip içenler
de, şarkı türkü söyleyenler de helak oldular. Yer değiş-
tiriyorum, masaların en sonuna, kıyıya yakın yere gidi-
yorum...

Müşteriler geldikleri gibi kalkamadılar. Daha ağır,
daha yorgun kalktılar. Onlar kalktılar, sahne toparlan-
dı, biz temizliğe giriştik. Gözlerimden uyku akıyordu.
Gün sabaha dönüyordu ki, polisleri gördüm sahnenin
dibinde. Ne işleri vardı burada? Sonra, bir şef garsonla
bana doğru geldiler. Onlara bakarken korku düştü içi-
me. Aklımda onlarca soru varken, öne geçip, yanıma
gelen polis:

"Sen Nihat'ın nesisin?" diye sordu.

"Bir şeysi değilim, dayımın arkadaşı."

"Dayın nerede oturur?"

"Çömlekçi Çukuru'nda."

"Orası neresi?"

"Fikirtepe son durağının altı."

"Haa öyle mi?"

"....."

"Peki sen şimdi bu işi bırak. Bizimle geleceksin, dayının evine gideceğiz."

Bir şey demedim, elimdeki bezi bıraktım, peşlerine düştüm.

Nihat Ağabey'in dalı var mıydı?

Şimdi bu soru takılıyor aklıma. Yoktu değil mi? Yoktu tabii! Olsaydı onu polisler bana sorar mıydı? Sormazlardı. Gidip dalını arardı polisler. Onlara sorardı. Demek bu dünyada dalı olmayan, daldalanmayan bir ben değilim. Kim bilir ne çok dalsız var, kim bilir?

Bunların çoğunu polis arabasının içinde düşünürken, birden dayımın evine bu saate niye gittiğimizi sordum polise.

"İşimiz var, bir şey soracağız dayına."

Dayım diyor ki; sonra, polisler gittikten sonra:

"Vay akılsızım! Ben de seni aklı başında bir adam bilirdim. Meğer değilmişsin bee... Vay akılsızım! Başına ne işler açtın öyle... Vay akılsızım vay!"

"Ne olmuş dayı Nihat Ağabey'e?"

"Daha ne olsun ki? Gitmiş, dostuyla birlikte, dostunun kocasını öldürmüş. Evet, öldürmüş!.. Sonra da kadınla ortalıktan kaybolmuş. Daha ne olsun? Vay garip vay!"

Demek öyle ha? Desene dayı, iyice dalsız kaldım. Ben de bir dalım var Nihat Ağabey, diyordum kendime bugün, polis gelmeden, götürürüm kara gözlü kızın evine, babasını, annesini oturtur karşısına, önce gözlerini diker gözlerine, diyordum, öyle öfkeyle bakardı. Kızın babası korkudan ne yapacağını şaşırırdı. Sonra derdi ki: "Siz kime dalsız demişsiniz bakayım? Siz beni bilir misiniz? Ben kimim?"

Demek artık iyice dalsız kaldım dayı ha?

Sen mi varsın?

Seni dal olarak görmüyorlar ki. Sen gece gündüz içen, kendine bile dal olamayacak ayyaşın biriymişsin. Öyle diyorlar dayı!

KELKİT'İN ALTI BAĞLAR

"Yavri yavri
Kelkit'in altı bağlar
Yâr yâr
Kar yağar seki bağlar zalım yâr
Oğul kurban
Muratlı murat almış
Yâr yâr
Muratsız her gün ağlar
Di gel zalım amman hayin yâr
....".

(Uzun Hava)
Yöre: Gümüşhane/ Kelkit
Kaynak Kişi: Neriman Altındağ Tüfekçi
Derleyen: Muzaffer Sarısözen
Okuyan: Neriman Altındağ Tüfekçi

"Gurbet Kuşları"na güzelleme.

Annem'e.

Orada, gecekonduların ip gibi Çay'ın kenarına dizildiği evlerden biriydi sizin eviniz. İki oda bir salon; avlusunda, duvar diplerinde renk renk çiçeklerin açtığı ev.

Kucağıma zar zor sığan cümbüşün eşliğinde bu kaçıncı oyunundu Semiha Abla? Ortada dönüp duruyordun, bütün gözler üzerindeydi. Ne güzel oynuyordun; gülen yüzünde çiçekler açıyordu. Senin düğünündü bu, dönüp duruyordun, cümbüşün tellerinde parmaklarım uyuşuyordu.

Şimdi yürüyorum mahallede yalnız, bir başıma; aynı hava, aynı sokaklar, yol boyu dizilmiş işçi evleri. Çok değişmemiş mahalle. Birçok şey eskisi gibi. Çay, biraz daha derinleşmiş, biraz daha uzağa gitmiş sanki.

Şimdi yürüyorum, cümbüşle çaldığım türküler kulağımda; o küçük avlu, duvarları çoğunluk pembe boyalı evler, sokaklarında cıvıl cıvıl çocuklar...

Turan, sağımda darbukanın derisini okşuyor. Onlar, benim çoğunun yüzünü, gözlerini, kamburlaşmış hallerini hafızamda hep sakladığım "göçmüş işçiler" fabrikadan, işten dönüyorlar. Mutsuz değiller. Tam tersine, bir iş gününün; teriyle, sıcağıyla, ateş yüklü fırınlarıyla, uğuldayan makine dairesiyle geride bıraktıkları bir iş gününün, tatlı yorgunluğunu taşıyorlar yüzlerinde. Bir de bu akşam, senin düğünün için, en güzel giysilerini giyecekler. Erkekler tıraş olacak, kadınlar çiçekler gibi açacaklar. Görüyorum onları. Düğünü düşünerek, akşamı, eğlenceyi düşünerek yolu tüketiyorlar...

İşte yürüyorum, aklımda o gün, ortaokul yılları; sen, nişanlın Ali Ekber, arkadaşların. Yürüyorum; içimi saran o günlerin hüznü, o günlerin sevinci, kederi, yürüyorum; kışları coşkun akan, yazları kum kamyonlarını üşüştüğü Çay'ın üzerinde, cümbüşün tellerine dokunuyorum içimde. Ne de güzel bir akşamdı, ne güzel bir düğün. Sen, onlar, işçi kızlar, arkadaşların yine dönüp duruyorsunuz, salınıyorsunuz; oyunların en güzelini yaratıyorsunuz güzel yüzlerinizle, saçlarınızla, ak pak yanaklarınızla Semiha Abla!

Akşamın erkeninde, düğünü bir cümbüş, bir darbukayla çalıyorduk, ben bir de Turan.

Birkaç gün önce bize gelmiştiniz, nişanlınla, Ali Ekber Ağabey ile birlikte. Nasıl da mutluydun, ikide bir saçlarımı okşuyordun. Göçün ilk yıllarıydı. Biz, siz, iki üç aile daha; topu topu beş altı aileydik kasabaya, çalışmaya gelen, ilk göçen işçiler. Sonra sonra çoğaldık. Kocaman bir mahalle olduk İstasyonaltı'nda. Geldik, fabrikalarda, ovalarda çalışıyorduk; ben ortaokula gidiyordum, siz evlenecektiniz. Başkaları da, sünnet, nişan... Ama bir şey eksikti hayatımızda, önemli bir eksiklikti bu. "Çalgıcı" yoktu. Bu eksikliği nasıl giderecektiniz? Biliyordunuz, eksikler hayatınızdan hiç çıkmayacaktı. Ama bu başka, sizin çözeceğiniz bir sorun değildi. Herkes işçiydi, bir tek çalgı çalan yoktu. Orada, bıraktığımız, o Doğu kentlerinden de "çalgıcı" göçmemişti. Bu kasabanın orkestrası da olmazdı ki. Onların çaldıkları oyunları hiçbiriniz oynayamazdı. Bizim bilmediğimiz türdendi oyunları; çalgıları, oynayışları. Peki ne olacaktı? Kim çalacaktı şimdi sizin düğününüzü? Çalgısız, oyunsuz düğün mü olurdu?

İşte bunları düşünürken, çare ararken aklınıza ben gelmişim. Cümbüş çalıyordum ya! Türkülerimizi de söylüyordum. Neden türkülerin eşliğinde düğün kurulmasınmış?.. Turan da güzel darbuka çalıyormuş. İkimiz bir araya geldik mi, düğünün şahı olurmuş. Buralıları, kasabalıları da çağıracakmışsınız. Onlar da şaşırıp kalacaklarmış oyunlarımızın, türkülerimizin güzelliğine. Ne istersem alacakmışsınız; istersem elbise, defter kitap, istersem para, ne istersem.

Bunları mı anlatıyordun, yoksa ben mi böyle algılıyordum, şimdi anımsamıyorum Semiha Abla. Ama en azından o akşam, bizim evde, annemin, babamın ve bir de arada bir görünüp kaybolan, yine sararıp solmuş ablamı anımsıyorum... Ablam, hep kara sevdalı ablam!

Seni unutmam mümkün mü Semiha Abla? Anımsıyorum; bin bir dil dökerek beni ikna etmeye çalışıyordun. Sonra, yıllar sonra bir türkü seni hep bana anımsatacaktı: *"Gurbet elde bir hal geldi başıma..."* Bu türküyü sen söylemiştin! O güzel sesinle, cümbüşün eşliğinde; ama nerede, hangi durumda?

Babam dinliyordu, suskundu. Belli ki onun da aklı yatmıyordu bu işe. Ben, yaşım, öğrenciliğim, babamın bana ait düşleri ve çalgıcılık... Ya çalgıcılığa gönül düşürüp okulumu aksatacak olursam? Veya bir gün okumaktan vazgeçip çalgıcı olacağım diye tuttururSam?.. Bunları düşünüyor olmalıydı kara kara, kararsızdı, sesi çıkmıyordu.

Annem çayları doldurdu, sonra da çaydanlığı dizinin dibine koydu.

"Nasıl olur bilmem ki, Semihecan? El kadar uşak, koca düğün, o kalabalığın içinde... Yapabilir mi?.. Bizimkiler de bir düştü mü ortaya çıkmak bilmezler ki... Bilmem... Olur mu? Yapabilir mi?"

Saçlarına bakıyordum, iki örük, kumral saçlarına. Biri göğsünün üstüne düşmüş, biri arkanda, ensenden aşağıya sarkmış. Sanki hiç kapanmayan kirpiklerin, ince kaşların, yüzün, sivri güzel burnun, kızgın kiremitlerin, tuğlaların biçim verdiği ellerin... Yüzün incecikti, tenin buğday, güzel bir kızdın. Sana bakıyordum. İçimde korkular vardı. Onca insanın ortasında, gözler üzerimde olacaktı. Çalabilir miydim? Seni mutlu etmek de istiyordum, çalabilir miydim? Sana hayır diyemezdim, sana, Semiha Abla!.. Bir süre sonra, sizler tavşan kanı çayınızı yudumlarken, içten içe karar verecektim: Çalacaktım, cümbüşümü kucaklayıp senin için çalacaktım.

Akşamüzeri. Henüz güneş batmamış. Ben ve Turan, avluda, tahta sandalyeye oturmuşuz, cümbüşü akort ediyorum, arada bir iki kırık hava tutturarak. Başımıza çocuklar toplanmış. Gözleri parmaklarımızda. Bir türküye başlıyorum. Sonra o uzun havaya giriş yapıyorum, ikimizin de çok sevdiği o uzun havaya, "Kelkit'in Altı Bağlar". En güzel Turan söylüyor bu uzun havayı. Parmaklarının ucuyla darbukasını okşuyor. Sonra yanık yanık başlıyor. "Yavri yavri, Kelkit'in altı bağlar..." Herkes susuyor. Bütün kulaklar Turan'da, onun tok, okşayan sesinde. Sen, girip çıkıyorsun odadan odaya. Arada bir bana bakıp gülüyorsun; güzel mi güzel. Ben de telleri okşuyorum tezeneyle. Turan bitiriyor uzun havayı. Susuyoruz, bir sessizlik oluyor. Çocukların rengi soluyor. Gözleri ellerimizde, sesimizde. Yeniden bir türküye ne zaman başlayacağız?

Düğün akşama başlayacak. Fabrikada, ovada, tavuk çiftliklerinde çalışanlar geldikten sonra. Bugün cumartesi. Bugün bütün işçiler, annemle babam, bir de ablam haftalıklarını alacaklar. Tuğla fabrikasında çalışıyor annemle ablam. Babam, Betondirek'te. Onun işi ağır, tehlikeli. Yalnızca vinçlerin taşıyabildiği, tonlarca ağırlıkta direkler üretiyorlar. En çok ölümlü kaza burada, Betondirek'te oluyor. Bu nedenle annem Betondirek'te çalışmasını istemiyor babamın. Ama parası iyi. Tuğla fabrikalarında çalışan işçilerin aldığı paranın nerdeyse iki katı. Bu yüzden babam değiştirmiyor işini. Dedim ya, bugün cumartesi. Bizimkiler de haftalıklarıyla dönecekler. Paralar babamda toplanacak. Ama nereye ne kadar ayrılacak, buna annemle karar verecekler. Önce bakkala borcun ödenmesi gerek. Çünkü hemen ardından bakkaldan alış verişi yine veresiye yapacağız. Milangaz'ın taksiti ayrılacak. Sonra pazar parası. (Annem, pazartesi kurulan pazara gideceği için o gün daha keyifli geçecek. Bir kere o akşam tavuk çiftliğinde, ölmüş tavuk tüyü yolmaktan kurtulacak, tavuğa gitmeyecek. Hep beraber evde olacağız. Yemekten sonra, ben dersime oturuken, onlar, ablamın yaptığı tavşan kanı çayı yudumlayıp, derin bir sohbet tutturacaklar. Bu sohbet daha çok geleceğe ilişkin projeler üzerine olacak.) Sonra, bir miktar para kenara koyulacak; kışa, "işsizlik günleri"ne hazırlık için. Babama da azıcık kahve parası, bana okul harçlığı, ablama bir şey yok. Çünkü onun parayla pek işi olmaz. Bütün bunlar konuşulurken, ablam yine hiçbir şeye karışmayacak; öyle sessiz, durgun halini, temizlik yaparken, bulaşıkları yıkarken de sürdürecek.

Yalnız son zamanlarda iyice durgunlaştı. Yoksa yine bir gönül hikâyesi mi?.. Belli olmaz. Her an ortaya çıkabilir. Daha bana açılmadı. Fazla dayanamaz, bir gece, annemle babam uyuduktan sonra çöker dibime. Nedense, dertleşmek için hep ders çalıştığım saatleri seçer. Çöker, ufak ufak açılır. Ablamın gönül hikâyeleri bana hep hüzünlü gelir. Çünkü onun sevdiği oğlanın hiçbir zaman bu sevdadan haberi olmaz. Ablam "karşılıksız sevdayı" sever. Bunun için söylemez, belli etmez kimi sevdiğini. Söylerse, sevdası onun sevdası olmaktan çıkar, büyüsü bozulurmuş. Herkes duyarsa güzelliği mi kalır? En güzel aşk gizli aşkmış. Böyle diyor. Bana da, seversem, gizli sevmemi öneriyor. Bunun için de sevgililerinin haberi olmadan onları terk eder, yine haberi olmadan bir yenisinin sevdası sarar yüreğini. İşte bu yeni başlama günleri, onun için de, bizim için de önemlidir. Bana açılıncaya kadar, merak içinde kalırım. Acaba bu kez kim?.. Ne gibi fırtına esiyor o narin, o serçe yüreğinde? Asıl kendisi için bu zamanlar çok farklı, etkili zamanlardır. Sevgili ablam, nasıl da değişir, nasıl da farklılaşır, bir ben bilirim evde. O kadar çok hayal kurar ki, düşlerinin içinde kaybolup gider. Bir ruh gibi dolanır evde. Bir ruh gibi, kolunda arkadaşlarından biri, fabrika yoluna koyulur. Arkadaşının kulağına fısıltıyla hep bir şeyler anlatır.

İşte yine öyle günlerden birini yaşıyor olmalı ki, bugünlerde iyice sessizleşti. Rengi de sararıp soldu. Yok yok, kesinlikle yeni bir gönül hikâyesi söz konusu. Umarım bunu da ucuz atlatır, fazla derinlere dalmaz. Annem korkuyor bu dalgınlık günlerinde ondan. Evde yangın çıkaracak, ocağı açık bırakacak, Milangaz ocağını, annemin! Yangın çıkaracak, daha yeni aldı, üç gözlüsünden hem de ocağı. Bir taksitini ödedi, kışa kadar, işsizliğin başlayacağı güne kadar bitirecek borcunu. Borcunu bitirmeden, Allah korusun, yangında kül olacak. Annemin şimdi gözü evde yalnızca Milangaz ocağını görüyor, başka eşyalar umurunda değil. Yeni aldı ya, gaz ocağını pompalamaktan kurtuldu ya, gözü gibi koruyor onu. Bunun için ablamdan, yangın çıkaracağından söz edip onu da uyarıyor. Hiç sormuyor neden böyle olduğunu. Annem bilmiyor ablamın "sevgi sevdiğini." Evet, annem âşıklara böyle der: "sevgi sevmiş." "Ayşe de sevgi sevmiş," diye anlatır. "Aklı başında değil. Kiremitleri şafranlarda düşürüp düşürüp kırıyor. Ben bilmez miyim, sevgi seven böyle olur, aklı başında olmaz," diyor.

Bunları düşünürken aklıma geldi, belki bu akşam ablamı gözleyerek, bu kez kime sevdalandığını öğrenebilirim. Evet!.. Gözleyebilirim cümbüş çalarken. Sevdalandığı mutlaka çevremizden, fabrikada çalışanlardan biridir. Kimdir acaba?

"Gelenler çoğaldı, hadi bitir akordu!"

Turan bu. Bir ayağı diğerinin üzerinde yaprak gibi sallanan Turan. İyi darbuka çalar. İyi ki bunu akıl etmişler, Turan'ı yani. Hem severim onu hem de üzülürüm sakatlığına. Doğuştan bir ayağı böyle, yürürken sallanıp durur salıncak gibi. Koltuk değneğine çarpar hep. Acımıyor mu acaba? Belki de hissiz, aynı koltuk değneği gibi.

"Tamam, bitiriyorum şimdi. Semiha Abla mıydı o çıkan kapıdan?"

"Evet, o ve arkadaşları. Birinin evine geçiyorlar, süslenecekler oğlum, nasıl da neşeliler görüyor musun?"

"Kızlar hep böyle değil mi, hep gülüyorlar, neşeliler."

"Doğru, böyle onlar. Onlar kız, oğlum. Tabii ki neşeli olacaklar, oğlanların gözleri üzerlerinde. Bunu biliyorlar, onun için neşeliler."

"Bir benim ablam neşeli değil, her zaman kederli oluyor."

"Niye ki acaba? Yoksa bir derdi mi var?"

"Bilmem... Belki."

Turan, başımıza toplanan çocuklara sesleniyor, kimileri bizim yaşımızda, çoğu daha küçük çocuklara:

"Hadi, biraz açılın başımızdan! Açılın, şimdi başlayacağız, o duvar dibine doğru gidin arkadaşlar."

Semiha Abla'nın, yerden otuz kırk santim yükseklikteki balkonunda, sırtımızı duvara vermişiz. Karşımıza, bahçe duvarının önüne sandalyeler dizilmiş. Köşedeki sandalyelere bir grup işçi ilişmiş, kimi ayakta, sessiz sessiz, ciddi bir yüz ifadesiyle sohbet ediyorlar.

Biraz sonra hava kararmaya başlar. Direklere bağlı kabloya asılı ampuller yanar. Çay'ın üzerinden gelirler İstasyonaltı işçileri. İşçi mahallesi İstasyonaltı; kendi elleriyle kurdular mahalleyi. Evlerini, yolları, akşam işten döndükten sonra yaptılar. Çakıl döktüler, beton döktüler, böylece potinleri toza, çamura batmaktan kurtuldu. Şimdi en çok işçi İstasyonaltı'ından çıkar; onlar akın akın fabrikaların, tarlaların yolunu tutarlar. Yeterince öğrenci çıkmaz. İlkokula başlar çocuklar, ortaokulda azalırlar. Liseye ise hemen hemen hiç giden olmaz. Yolları okulun bir yerinde fabrikayla kesişir ve fabrika ağır basar. Ben, belki de bir tek ben liseyi bitireceğim. Annem çok kararlı. Hatta babamdan daha çok kararlı. "Ne yapıp edip seni okutacağım," diyor. Bunun için bazı günler fabrikadan geldikten sonra akşamları da tavuğa gidiyor. Gece yarısına kadar tavuk kümeslerinde, kesilmiş tavukların tüylerini yoluyorlar. Gecenin karanlığında, her yanı tavuk tüyüne, kanına bulanmış dönüyor eve. Bir saat, iki saat ya uyuyor ya uyumuyor, kalkıp fabrika hazırlıklarına başlıyor. Ben de onlarla birlikte kalkıyorum. Güzel bir kahvaltı yapıyoruz. Sabaha kadar tavukta çalışan annem, ama nedense babamın gözleri uykudan açılmıyor. Ablamsa zaten hep aynı görüntü: Uyur uyanık, kedere batmış hali yani. Çoğunluk annem bir iki laf ediyor, biz pek konuşmuyoruz, evden çıkan yol alıyor...

Birden kalabalık oldu. Sandalyelerin hepsi doldu. Gençlerin çoğu ayakta, oturacak yer bulamadılar. Hepsi de gözlerini bize dikmişler. Belki de akılları almıyor bizim "çalgıcı"lığımızı. Bizden bir şey çıkmayacağını düşünüyorlar. Yüreğim gürp gürp vuruyor. Turan daha sakin. O hep sokaklarda çalar. Bundan olmalı; alışkın kalabalıkta çalmaya. Ne yapacağımı bilmiyorum. Cümbüşü kucaklamış, durmadan akort yeniliyorum. Belli ki Turan şaşırıp kalmış bana.

"Ne yapıyorsun ya?.. Bitir artık! Herkes bizi bekliyor," diyor.

"Tamam, tamam... Bitiriyorum..."

Nereden, nasıl başladım, bilmiyorum. Bir süre sonra, gözlerim ablamı ararken, bunu düşündüm. Karşımdaki kalabalığa baktım. Onlara baktığımda gördüm ki, kimse benimle ilgilenmiyor. Başka yerlerde gözleri. Çoğunluk ortada dönüp duruyor. Turan, kendinden geçmiş, darbukanın canını çıkarıyor vura vura. Neşesine diyecek yok. O beni sürüklüyor türküleriyle. Bir oyundan, bir türküden, diğerine o geçiriyor müziği. Bir orkestra şefi gibi Turan. Saçı başı dağılmış, gömleğinin yakası iki düğme daha açılmış, boynundan aşağı terler akıyor.

Birden, ortada, çok güzel bir elbise içinde, yüzünden mutluluk akan seni gördüm Semiha Abla. Ne kadar güzelsin. Ne güzel oynuyorsun. Seni görünce cümbüşün tellerini bir başka coşkuyla dolaştı tezenem. Bir başka duygunun içinde nağmeler, türküler coştu benimle birlikte. Sanki bunu sen de ayrımsadın. Bana baktın, o güzel gülüşünle geldin, önümde çöktün ve sıcak bir öpücük kondurdun yanağıma.

"Bravo!.. Çok güzel!.. Sen bir usta müzikçisin, eline, parmaklarına sağlık. Ben biliyordum başaracağını, bravo!" dedin. Parmaklarım durmuyordu. Cümbüş, en güzel tınılarını veriyordu o an. Turan'a döndün, "Sen de sağ ol. İkiniz de çok güzel çalıyorsunuz," dedin ve oynaya oynaya kalabalığın içine girdin. Turan bana baktı, okşanmış duygularla, çok güzel güldü. Sonra eğildi, darbukanın zar gibi derisini okşadı, sakat ayağı salıncakta bir çocuk gibi mutlu, sevinçli, bir o yana bir bu yana sallandı. Ben de artık başımı dik tutuyor, oynayanların yüzüne bakıyordum. Herkes çok mutluydu. Coşku içinde, çoğunluğu türkülere eşlik ediyordu. Kadınlar, kızlar, çocuklar, allı kırmızılı giysiler içinde bir kocaman çiçek demetiydiler renk renk...

Gece ilerlerken ablamı bir kez daha gözlerim aradı. Birkaç kez öylesine gözüme ilişmişti. Sanki kalabalığın içinde gizleniyordu. Arada bir başını görüyordum; nereye, kime baktığını ayrımsayamıyordum. İşte şimdi orada gördüm onu. Biraz daha öne çıkmış. İlk göze batan, solgun, durgun, kimseye benzemeyen yüzüydü. Şimdi ayırt ettim ki, o kimseye benzemiyor, benim ablam! Onda bir başka hava var. O incecik, o narin, duygulu, hep derinlerde olan bir kız. Çok arkadaşı da yok. İşte ordalar. İki kız, biri sağında, diğeri solunda iki kız. Yarım yamalak görünüyorlar. Sanki onlar da gizleniyor. Aklıma birden, onlara dikkatli bakmak, ablamla kıyaslamak geldi. Hemen sağındakine diktim gözlerimi. Ona öyle uzuz uzun baktım. Sonunda, gözlerimiz karşılaşınca bakışımı kaçırdım. O da bunu anladı. Eğilip ablama bir şeyler söyledi, güldüler. Bir süre sonra unuttular beni, kendi havalarına büründüler. Bu kez öbür kıza baktım. Evet, benziyorlardı! Hayret edilecek ölçüde, bakışları, yüzlerinin solgunluğu, durgunlukları ile birbirlerine benziyorlardı. "Tam bulmuşsun ablacığım, bulmuşsun kendi benzerlerini. Senin arkadaşlarının başka nasıl olurdu ki?" dedim içimden, sonra Turan'ın söylediği türküye usuldan eşlik ettim.

Bundan sonra düğün daha coşkulu sürdü. Halay tutuldu bir ara. Gitgide hızlandı, kimileri koptu halaydan, sonra dört beş oyuncu ter içinde bitirdiler. Akşamın geç saatinde, cümbüşün tellerinden biri koptu, diğerleriyle idare ettim. Kollarım yoruldu, parmak uçlarım uyuşmaya başladı. Turan, enerjisinden hiçbir şey yitirmemişti. Bütün coşkusuyla darbukayla bütünleşmişti. Sen, Semiha Abla, nişanlın, kaç kez gelip gelip bizi okşadınız, güzel sözler söylediniz.

Nice zamandır ablamı unuttuğumu anımsadım. Hani onu izleyecektim, en son sevdalandığı kişinin kim olduğunu öğrenmeye çalışacaktım, diye sordum kendime. Gözlerimle taradım, üçü de yer değiştirmişler. Bir ara bu üçünün ortada bir acayip oynadığını görmüş, gülmüştüm. Şimdi daha sola, köşeye çekilmişler. Cümbüşün üzerinde, kollarımın takati tükenirken, onları izlemeyi bırakmadım.

Bir zaman sonra, solundaki, ablama bir şeyler anlatırken, ablamın gözlerinin takıldığı noktaya baktım. "Kime bakıyor acaba?" dedim içimden, bir kez daha ablama döndüm. Baktığı her kimse, ona bakmaktan vazgeçip geçmeyeceğini, öylesine mi baktığını, anlamaya çalıştım. Kız anlatıyor, o sanki bir başka dünyada yaşıyordu. Öyle dalmıştı ki baktığı noktaya, biraz dikkat ettiğinizde kime baktığını hemen anlardınız. Baktım. Bir ablama bir diğerine; anlamak, emin olmak için. Bu ne kadar sürdü, bilmiyorum. Sonunda, "Evet, o!" dedim içimden.

Evsel'e bakıyordu. Evet, Evsel Ağabey!.. Evli, iki çocuklu, mahallenin en çok sevilen işçisine, ustabaşına takılmıştı gözleri. Herkese iş bulmaya, göçüp gelen işçileri sendikalı işçilerin çalıştığı fabrikalara yerleştirmeye çalışan, Kelkitli Evsel Ağabey'e. Kelkit'in Altı Bağlar'ı, gür sesiyle en güzel okuyan Evsel Ağabey'e. Ona bakıyordu, solgun bir yüzle, umutsuz bir bakışla. Ama belli ki diğer sevdalandıkları gibi, Evsel Ağabey' in de bu sevdadan haberi yoktu.

Ah ablacığım!.. Şimdi anladım bana neden ikide bir, bu uzun havayı söylettiğini. Ders çalışırken yanımdan geçtiğinde, mutfakta iş yaparken, usuldan mırıldandığın bu dizelerdi demek son günlerde yüreğine kor salan, ha? Bu dizeler: *"Muratlı murat almış/Yâr yâr/ Muratsız her gün ağlar/ Di gel zalım amman hayin yâr"*

Ah güzel ablacığım! Bu kez de tam sana göre karşılıksız bir sevda bulmuşsun! Hatta imkânsız bir sevda ablacığım! Şimdi bunun altından nasıl kalkacaksın?

SU DA YANDI

"Baba bugün
Dağlar yeşil boyandı
Kim yattı kim uyandı
Gözlerim ağam
Kalbime ateş düştü
İçinde yâr da yandı
Su septim ateş sönsün
Septiğim su da yandı
....."

(Uzun Hava)
Yöre: Kerkük
Kaynak kişi: Apdulvahit Küzecioğlu
Derleyen: Nida Tüfekçi
Okuyan: Neriman Tüfekçi

Bir akşamüzeri, gün batımına yakın, Köroğlu Dağı'nı aştıklarında, durdular; aşağıda, vadideki köye baktılar bir süre; ikisi de. Önce biri çöktü ayağının dibindeki taşın üzerine, sonra öbürü.

Biri karayağız, saçları şapkasının altından fırlamış, fırça gibi. Biraz kilolu. Boyu ortanın üstünde. Adı, Ali. Sevecen, sıcak, yardımsever. Herkesle kolay arkadaş olabilen, yüreğinde gizlisi saklısı olamayan Ali. Köyünde, bu zamanda az rastlanan bir güzel kızla, Gülseren'le evlenmiş, daha çoluk çocuk sahibi değil, olacak; o günleri bekliyor. Çöktü taşın üzerine, köye baktı, kızını, oğlunu düşledi; bir de babasını. Çoğu zaman doğacak çocukları aklına geldiğinde babasını anımsıyordu. Şimdi de böyle oldu. Babasını anımsadığında da çoğunluk "Kaçakaç" günlerini. O günler olmasaydı, belki de, ileride bu dünyaya gülümseyecek çocuklarını, babası da görecekti, göremedi. Babasını anımsadı bir de Kaçakaç'ı...

Kaçakaç!.. Bir zulüm günü. Kör babasının, bir sabah, o yolculukta, ağılda kendini ince bir urganla tavana astığından bu yana çok zaman geçmiş.

Yolları İran'a doğru düşmüş. Annesi anlatırdı hep. Ölünceye kadar o günü unutmadı. Neden İran?.. Sonra, oraya sınırdan içeri girdiklerinde anlamışlar nedenini. Çünkü orada, o köylerde, o güzel kent Tebriz'de yaşayanlar da kendilerindenmiş. Aynı dili konuşuyorlarmış. Daha yoldayken, İran'a epey yol varken babası, kardeşlerine, (Biri kız, biri de erkek iki kardeşi vardı),

"Siz yolunuza devam edin, beni bırakın. Ayak bağı oldum size. Bundan sonra yaşasam ne olacak yaşamasam ne?.. Bırakın beni, kurtarın kendinizi, çoluk çocuğunuzu bu zulümden. Ben başımın çaresine bakarım," demiş. Olacak şey mi? Nereye bırakacaklardı? Kim ağabeyini, üstelik kör ağabeyini bırakırdı dağ başında? Anası saçını başını yolmuş. Biri üç yaşında kendisi, diğeri iki yaşında kız kardeşi, dikilmiş kocasının karşısına, sensiz bir yere gitmem, öleceksek birlikte ölelim, deyip ağlamış. Babası susmuş. Susmuş ama, yine de bildiğini yapmış. Gece, usuldan kalkmış, konuk oldukları evin duvarına tutuna tutuna gittiğinde, ev sahibi görmüş. "Nereye gidiyorsun amca? İstersen ben yardım ediyim?" demiş. "Olur oğul. Ağılınız var mı?" diye sormuş ev sahibine. Olumlu yanıt alınca, oraya gitmek istediğini, hayvanların ayaklarının dibinde yatmaya alışık olduğunu söylemiş. Sonra da, "Zahmet olmazsa, beni ağıla kadar bir götür," demiş adama. Adam kolundan tutmuş ağıla sokmuş. O sabah, babasını, hayvanların bağlandığı urganla ağılın tavanında asılı bulmuşlar. Sakallı, boza çalan yüzüyle, ipin ucunda sallanıyormuş. Annesi şöyle demişti: "Bu dünyada artık yaşamak istemediğini söylüyordu. Bana o gün, çizdim, oynamıyorum, dedi, baban oğul. Bunun için, o gece, bu fani, kötü dünyayı görmek istemediği, küstüğü için, kör gözlerini, gözkapaklarıyla sıkı sıkı kapadı; savaşa, ölüme, öldürüme..."

Şimdi burada, Köroğlu'nun yamacında, o geçmişi neden anımsadığını, köye bir kez daha baktığında anlıyor. Babasının ipte sallandığı o köy de derenin dibinde, tıpkı bunun gibi küçük bir köymüş. Oturduğu taşın üzerinden kalktı, gözleri köyün üzerinde,

"Hey gidi dünya!" dedi. "Biliyor musun Emrah, bu kısa zamanda nerelere gittim, neleri düşündüm."

Öteki de, Emrah, az ötesinde, bir taşın üzerinde

oturuyordu. Ondan biraz daha kısa boylu. Saçları kısa kesilmiş. Gözleri kara. Zayıf, parmakları ince, elinin kemikleri fırlamış deriden. Önündeki otları yoluyordu.

"Nereye gittin?"

"Kaçakaç günleri yadıma[1] düştü. Babam tıpkı bu köy gibi bir köyde asmış kendini... Böyle bir köyde, yoldayken, o zor günlerden.

"Dünyanın hali işte. İnsan ne olacağını, nereye gideceğini bilmiyor ki. Bakalım bu köyde biz neler yaşayacağız?"

"Evet... Biz bu köyde ne göreceğiz, ne yaşayacağız? Seni evlendirebilecek miyiz, bir helal süt emmiş çıkacak mı karşımıza?"

"Bakalım, göreceğiz. Kalkalım mı artık? Akşam oluyor."

"Tamam, hadi yürüyelim," dedi Ali.

Kalktılar, ağır ağır, yamaçtan aşağı yürüdüler.

Köy mü yoksa mezra mı bu yerleşim yeri, ayırt etmek zordu. Sanki bir avuç oyuncak ev serpiştirilmişti vadiye; orada öyle, dünyadan soyutlanmış, solgun, sessiz duruyorlardı; hızlandılar, dar, çakıllı yoldan girdiler içine.

Bir duvara sırtını vermiş sohbet eden iki ihtiyara muhtarı sordular. Onların tarifine göre muhtarın kapısını çaldılar, adam çıktı. Orada, kapının önünde konuştular.

"Biz Aran'dan geliyoruz, Güngören köyünden. Muhtarımız Hüseyin Kişi selam gönderdi size," dedi Ali. "Bu benim arkadaşım, Emrah. Evi var, tarlaları var, bir yuva kurmak ister. Babası yok, öldü. Bir annesi var. Kız kardeşleri evlendi. Bizim muhtarı, Hüseyin Kişi'yi iyi tanırmışsınız. Dedi ki, size, ben kefilim, dedi, merak etmesinler, dedi. Olursa, uygun, kızını evlendirmek isteyen olursa versin, dedi. Selam gönderdi."

---

[1] Yadıma: Aklıma.

117

Emrah'ın gözleri yerde, sırtı yanındakiler gibi duvara dayalı, sesi soluğu kesilmiş, aklında bin bir düşünce, dalıp gitmişti. Muhtar ona birkaç kez baktı. Sonra yavaş yavaş konuştu:

"Ben de, sen anlatırken düşündüm oğlum, kimin evlilik kızı var köyümüzde, kim verir, diye. Bir tane var. Bir tane, aynı zamanda ana babasının da biricik kızı. Başka çocukları yok bunların. Belki verir, der ki, kızım gitsin, güzel gün görsün, der. Çünkü adam bu köyün en yoksulu. Çünkü bu köyün en yaşlıları adamla karısı. İyi adamdır. Kimseye zararı dokunmamıştır. Sizin anlayacağınız kızı da helal süt emmiş bir kızdır... Bunların çok zaman çocukları olmadı. Geç zamanda, yaşlılık zamanlarında bu kızları oldu. Bunun için çok severler kızı. Bunun için üzerine titrerler yaprak kimin. Bunun için belki, yoksulluktan, bu kötü yoksulluktan belki?.. Buralar, dağ köyleri daha yoksul, sizin oralara benzemez. Bunu bildiklerinden belki verirler?.. Siz burada bekleyin, ben bir gidip konuşayım. Sonra birlikte gideriz."

Adamın evindeydiler şimdi. Muhtarın anlattığından da çok yoksuldular. Bir oda, odanın açıldığı ağıl, iki üç zayıf keçi. Nasıl yaşıyorlardı?

Bunları gördüler, kızı daha göremediler, nice zamandır oturuyorlardı, yalnız muhtar konuşuyordu. Emrah, bir zaman sonra kendi iç seslerine kulak verdi. Bu adamları, evi, köyü düşünüyordu. Buradan ona bir ömür boyu kadın olacak kızla çıkacaktı belki de. Belki de bu yoksul köy onu güler yüzle, sevinçle yola salacaktı. Anası, o ömrü acıyla, üzüntüyle geçmiş anası burada mutlu olacaktı; herkese sarılacak, sevgiyle kucaklayacaktı. Köroğlu Dağı'nın yamacından, bir kervan yola koyulacaktı, oyunlarla, türkülerle... Kim bilir?.. Bu düşüncelerden sıyrıldı, bir kez daha adama ve karısına baktı. Ne güzel adamlardı. Yüzlerinde bunu görüyordu; yoksul, güzel insanlar... Kadın, adamın kadını, bir yumak gibi kıvrılmış, duvara yapışmıştı sanki. Kocası gözlerini açmış, muhtarı dinliyordu dikkatle. Muhtar, sustuğunda, adam karısına eğildi, onların da duyacağı şekilde, "Hanım, kıza söyle ibriği doldursun, el havlusu hazırlasın, misafirlerimiz uzaktan gelmişler, yıkanmak isterler," dedi.

Kadın,

"Olur, söyleyim adam," dedi, kalktı, dışarı çıktı.

Buralarda gelenekti, kız, istemeye gelenlere görünmezdi. Konuşmalardan sonra, babanın isteğiyle annesi veya bir yakını kızı görüşme için hazırlardı. Kız avluda, ayağının dibinde ibrik, elinde havluyla erkeği bekler, erkek çıkıp yanına giderdi. Anne görünmeden onları izlerdi. Kız su döker, erkek elini yüzünü yıkar, böylece birbirlerini görmüş olurlardı. Sonra isterlerse diğer misafirler de çıkıp ellerini yıkayabilirdi. Bu aynı zamanda yemeğe hazırlanmak anlamına da gelirdi. Ama, ne Emrah'ın, ne Ali'inin ve ne de Muhtar'ın, bu aileden böyle bir beklentisi yoktu. Tek istedikleri bugün, bu evden olumlu bir yanıt alıp sevinçle, umutla çıkmaktı.

Kızın babası,

"Uzak yoldan geldiniz, aç olmalısınız. İsterseniz çıkıp elinizi, yüzünü yıkayın, Allah ne vermişse, birlikte yeriz, " dedi.

Muhtar:

"Sağ ol Ahmet emmi. Zahmet etmeyin, bir çay içsek yeter... Emrah oğlum, sen çık istersen, " dedi.

Emrah kalktı, çıktı, avlunun ortasında, ayakta, elinde ibrik, kızı gördüğünde, durdu. Ne yapacağını bilemedi ilkin. Kız yakınındaydı. İlk bakışta kızın bir başka güzel olduğunu algıladı; yüzüne baktı, beyaz yanaklarına, eşarbının altından çıkmış kömür karası saçlarına. Nedendir bilinmez, (bunu Kamber de anlayamadı), sanki o an biri ona seslendi; "Babanı düşün, anlattığı o çocuğu, söylediği uzun havayı!" dedi. Birden usu o günlere, Kaçakaç sonrası günlere gitti... Babasıydı anlatan...

"Bir evdeydik, toprak damlı bir evde, ablamla birlikte... Yalnız ikimiz kurtulmuştuk, ablam bir de ben Kaçakaç'tan... Tebriz'deydik, bir evde hemen hepsi de yetim yirmi civarında çocuktuk... Orada birisi, bizden biraz daha büyük olan bir çocuk ablama tutuldu. Deli divane oldu, çöllere düştü... Böyle diyordu arkadaşları bana, ablanın aşkından deli divane oldu, çöllere düştü... İşte bu çocuk o uzun havayı başka bir sesle söylüyordu... 'Su da yandı' diyordu bir yerinde. Su nasıl yanar, diyordum kendime. Bir hoş geliyordu sözleri. İçim eziliyordu o söylerken. Şöyle diyordu: 'Kalbime ataş düştü/ İçinde yâr da yandı/ Su septim ateş sönsün/ Septiğim su da yandı...' Çok yanık söylüyordu, herkesin gözleri doluyordu, bir ablam hariç. Ablam güzeldi, alımlıydı. Bu çocuğa çok kızıyordu. O da diyordu, ne haldeyiz, hepimiz yetim yesir olduk, geldik buralara düştük, dileniyoruz, bu uşağa bak, sevdaya düşmüş? Çok kızıyordu, yüzüne bakmıyordu Tebriz akşamlarında, o koca evde, öfkeden sararıp soluyordu... Gönül vermedi çocuğa, bir damla bile vermedi. Kötü oldu çocuk. Sonra ayrıldı bizden, birden yok oldu. Aradan bir zaman geçti, Tahran'a gittiğini söylediler. Bir de gözlerinin kör olduğunu söylediler. Elinde uzun bir sopa, Tahran'ın küçelerinde,[1] 'Su da yandı," deyip geziyormuş...'"

Nerden geldi bunlar aklına bu kısacık anda; ibrik, su mu anımsattı, o da şaşırıp kaldı... Kıza baktı, içi bir tuhaf oldu. İçinden, "Su da yandı," dedi. Kız geldi, konuşmadı, ibriği uzattı. Bir kez daha kıza baktı, gözlerine... Çarpılmış gibiydi. Düş görüp görmediğini sordu

---

[1] Küçe: Sokak.

kendine, değildi. Düşünde görse bile inanamayacağı güzellikte bir kız, şimdi onun eline su dökmek için karşısına dikilmişti. Kimsesizliğini düşündü, hemen ardından, bu kızın karısı olduğunu, babasından kalan viraneyi güzelleştirdiğini, avlusunda eline su dökmek için beklediğini, annesinin umudunu, sevinçlerini... Sanki o günü yaşıyormuş gibi eğildi. Serin su yüreğine, yangına aktı; yüreğine, kora serpildi su. Bu duygular içindeydi ve bir kez daha babasının sesi yankılandı kulaklarında, kendi kendine, kızın duyacağı şekilde;

"Su yandı!" dedi.

Kız ona bir kez, o an baktı. Bu yaşamında hiçbir yerde, hiçbir kızda, kadında görmediği, hissetmediği bir bakıştı; bu kez de içinin yangınını, yanan suyu düşündü. Yüzüne avuç dolusu suyu çarptı. Elini uzatıp, bir avuç daha su istediğinde, kızı göremedi; elleri yüzünde, gözlerini kapadığında, kız bir avuç su olmuş, toprağa karışmıştı sanki... Bir süre yaşadıklarının gerçek olup olmadığını yine sordu kendine, sonra doğruldu, kız yoktu. Avlu o avluydu, düş görmeyen, uykuda olmayan da kendisiydi.

Yürüdü eve doğru. Gündüz, yerini usuldan bastıran akşamın karanlığına bırakıyordu. Köroğlu'nun üstünde, yeni doğmakta olan ay, yarısını dağın ardına gizlemiş, kalan diğer yarısının ihtişamıyla ona gülümsüyordu. Bir gülücük de o gönderdi aya, kapıdan içeri girdi...

Aradan, bu yaşadıklarının ardından yalnızca o gece geçmişti. Çok değil, bir gece. Ancak o bir gece, belki de bundan sonraki yaşamında, bir daha, hiçbir zaman yaşayamayacağı kadar uzun, sancılı, sevinçli, düşünceli, zor mu zor, güzel mi güzel bir gece olmuştu. Beklemiş, düşünmüş, kız hep gözlerinin içinde, Ali'yi sabaha kadar uyutmamıştı. Hâlâ inanamıyordu böyle bir kızla

121

karşılaştığına. İçinde bir umut vardı. Ali'ye, "Verecekler yoldaş," diyordu. "Görmedin mi, ne kadar yoksullar. Verecekler!.. Bu yoldaşın dünyanın en şanslı adamı olacak..."

Ali, arada bir;

"Dur, acele etme, ne olur ne olmaz, bu kadar umutlanma," diyordu, ama Emrah'ın duyacak hali yoktu. Ne demişti kızın babası? Çaylarını yudumlarken, demişti ki;

"Bize bir gün müsaade verin, kızımla, karımla konuşalım, yarın size cevap verelim."

Bu da ne demekti?.. Verecekler... Başka anlama gelmezdi...

Sabaha kadar yatakta, (muhtarın konuğu olmuşlardı) döndü durdu, konuştu, sabaha karşı biraz daldı, bu kez de düşünde hep konuştu. Ali bir iki kez onun sesine uyandı, dinledi sayıklamalarını. İçinden, kendi kendine, "Bu iş olur inşallah," diye geçirdi. "Yoksa sonu kötü olacak. Çok etkilendi, hiç böyle görmedim Emrah'ı."

Sabah kalktılar, kahvaltıda Emrah pek bir şey yemedi, yalnızca çay içti. Gözü muhtardaydı. Bir an önce kalkıp gitsin, beklediği haberi getirsin istiyordu. Muhtarsa sallandıkça sallanıyordu. Köyü anlatıyor, dönüp dolaşıp sözü yoksulluğa getiriyordu. Sonunda kalktı.

"Siz oturun, ben gidip bir sorayım, inşallah iyi bir haberle gelirim," dedi, çıktı evden.

Asıl en zor an bu andı Emrah için. Öyleydi, saniyeler uzayıp uzayıp yıl oluyordu. Zaman bir türlü geçmek bilmiyor, onun sığacağı bir yer kalmıyordu; bu eve, bu dünyaya, bu odaya, bu yere sığamıyordu. Binlerce soru sorup duruyordu, kimini Ali'ye, çoğu da kendine. İşte bunca soruya yanıt ararken muhtar kapıdan girdi, yüreği yerinden fırlayacaktı. İlk kırılma, dizlerinin bağının çözülmesi, muhtarın yüzünü gördüğünde oldu.

122

Adamın yüzü öfkeliydi. İçeri girdi, geldi yanına;

"Vermediler!" dedi. Tekrar etti: "Vermediler!.. Adam dedi, kızın babası, biz kızımızı uzaklara gönderemeyiz, biz kızımızın yokluğuna dayanamayız, kusura kalmayın, dedi. Anlattım, uzak değil, dedim, siz de gidersiniz, oğlan iyi bir oğlan, size de bakar, dedim; daha ne dedimse kabul etmediler. 'Vermeyiz'den başka laf çıkmadı ağızlarından. Ben de çıkıp geldim. Bu iş olmayacak oğul. İmkânsız, vermezler... Olmayacak!"

Köyden çıkmışlardı, arkada kalmıştı, sayıklıyordu kendi kendine. Ali'ye seslendi:

"Ali!.. Ali, ayağımın biri gidiyor, biri gitmiyor... Niye böyle oldu? Sen o uzun havayı bilir misin? Hani şu, su da yandı'yı?.. Kalbime ateş düştü, döktüğüm su da yandı... Şimdi ben öyle oldum... Kalbime ateş düştü, su da yandı..."

ELA GEYİK GİBİ
BOYUN SALLARSIN[1]

"Ela geyik gibi boyun sallarsın
Kement atıp yollarımı bağlarsın
Bana derler niçin gülmez ağlarsın
Mevlam gül dememiş nasıl güleyim
Nöbet şekerimi ezenim yoktur
İnce tülbentlerden süzenim yoktur
Neyleyim sarayı neyleyim köşkü
İçinde salınıp gezenim yoktur
..."

(Uzun hava)
Yöre: Adana - Çukurova
Kaynak kişi: Aziz Şenses
Okuyan: Aziz Şenses

---

[1] Bu öykü "Gece Yolcusu" adıyla Cumhuriyet Gazetesi'nde yayımlanmıştır. Yazar öykülerin bütünlüğüne uyum amacıyla küçük değişiklikler yapmış, bu nedenle öykünün adını da değiştirmiştir.

Gecenin bir vakti, kadın ve adam derin uykuday-ken, büyük bir gürültüyle vuruldu kapı. Kadın, yatağın kenarına bir kedi gibi kıvrılmış, sessiz soluksuz uyu-yordu. Düşünde, akşamdan beklediği adamı görüyor-du. O anda, düşünde adama sokulmuşken kapı vurul-du, kadın üzerinde kıvrıldığı somyadan öyle bir fırladı ki, az kalsın yerde yatan adamın üstüne düşecekti.

"Hay Allah!.. Ne oluyor? Ödüm koptu!" dedi.

Sustu bir süre, geceyi dinledi. Kendi kendine:

"Kim acaba? O mu?.. O olsa niye kapıyı böyle vur-sun ki?" diye söylendi, yarı sersem, uykulu gözlerle. Sonra,

"Kim o!" diye seslendi.

Kulak kabarttı, yanıt yoktu.

"Rüya mı gördüm?.. Kapının vurulmasını rüyam-da mı?"

Tam bunları düşünürken, kapı bu kez daha küçük yumruk darbeleriyle art arda yeniden vuruldu.

Yerde, sünger döşeğin üzerinde sırtüstü uyuyan adam da uyanmış, pencereden giren alacakaranlık ha-vaya dikmişti gözlerini.

"Kapı çalındı duydun mu? Kimdir acaba bu saate?"

"Yat sen!" diye azarladı adamı kadın. "Kimse kim, ben bakarım!"

Kadının aklından, düşünde kalan adam geçiyordu. Düşlediklerinin çoğunu ona yaşatan, iki yıldan fazla bir zamandır evin üçüncü kişisi... O!.. "Dostum, sevgi-lim, erim!" diye mırıldandı sessizce.

Kalktı, kapıya yürürken bir hırka buldu, sırtına attı.

Adam gözlerini tavana dikmiş öylece bir noktaya bakıyordu. Tavandaki ışık yumağı arada bir kararıyor, sanki dışarıda Ay, sütbeyazına çevirdiği geceyi aydınlatmaktan vazgeçiyordu. Belki de geceyi ısıtan Ay, bulutların arasına girip saklanıyor, orada adamı gözlüyordu; ne yapacaktı? O ilk uyandığı andaki yumuşak yüz ifadesi yerini, itilmiş, horlanmış küskün bir görüntüye bırakmıştı. Öfke yumağına dönüşmüş duyguları patladı patlayacak noktasında donup kalmıştı. Yine sordu, bu kez biraz sert, kadın kapıya doğru yürürken:

"Kimdir acaba? Yoksa Cimşir mi geldi?"

"Uyu sen dedim... Ne işine gelen? Yat! Ben gelene kadar yat, uyu! Öksürmeden, aksırmadan yat! Gözüme uyku girmedi... Ben bakarım, dedim."

Adam yanıt verecek cesaret bulmadı kendinde. Kadın, o itici, öfkeli sesiyle öyle bir sıralamıştı ki buyruklarını, biraz daha sindi adam.

Yattıkları odanın kapısına uzandı kadının eli, öyle orada, kapının kolunda bekledi bir süre. Geceyi düşündü, gördüğü düşü anımsamaya çalıştı. Akşamdan da nasıl canı istemişti... Onu... Cimşir'i... Kapıyı açarken, "İnşallah odur!" diye geçirdi içinden. Aralığa çıktı, dış kapıya yöneldiğinde bir kez daha kapı vuruldu.

"Geldim!"

Yürüdü, kapının ardında durdu. "Kim acaba," diye geçirdi içinden, "Ya yabancıysa, tanımadığım?"

"Kim o?"

Kısık bir sesle sormuştu, kulağını kapıya dayadı.

"Benim, Cimşir, aç çabuk?"

"Cimşir?"

"Evet, benim, çabuk aç!"

Kapının kilidine anahtarı sokmaya çalıştı. Bütün gövdesi, sıtmaya tutulmuş gibi tir tir titriyordu. "Demek Allahtan ne isteseydim, bu gece, hepsi de olacaktı ha!" Bütün gece, keşke gelse, arkadaşlarına gitmese, diye dua etmişti. O arkadaşları, birahanede birlikte çalıştıkları arkadaşları. Kızlar, kadınlar... Ölesiye kıskandıkları... Birileri, bunların gece birahane kapandıktan sonra, orada çalışan kadınları da yanlarına alıp pavyona gittiklerini söylüyordu. Kimlerdi söyleyenler? Şimdi anımsamıyordu. Ama sanki bütün mahalle söylüyordu, bir uğultu halinde. Aklından hiç çıkmayan bir uğultu, söylenenler... Hatta, her seferinde birlikte kadınlardan birinin evine dönüp, içkiye orada devam ettiklerini; o kendi halinde, halim salim patronlarının da son günlerde bunlara uyduğunu söylüyordu. Birkaç kez, akşam, birahanenin önünden geçmiş, çaktırmadan içerideki kadınlara bakmıştı. Ne de süslü püslüydü orospular! Renk renk boyanmışlar; kimi ayakta, kimi masalarda, güleç yüzlüydüler hepsi de. Ama biliyordu ki Cimşir ondan vazgeçmezdi. Delisi olmuştu. Bunu söyleyip durmuyor muydu? "Seninle yatmak, seni koklamak canıma can katıyor. Ölüyorum sana... Doymuyorum sana... Şu moruk bir ölse, kaçamak yapmadan, rahatça sevişsek seninle, korkusuz, açık açık... Bağırarak söylesem seni istediğimi, bu evin içinde, çıplak, kimseden çekinmeden." Böyle diyordu, delirmiş gibi, hiç durmadan konuşuyordu. Sonra birden susuyordu, sesi kesiliyordu, bu kez usul usul, birleri duyacakmış gibi kısık bir sesle: "Yoksa böyle gizli olduğu için mi güzel kız? Ha?.. Söyle kız! Ondan mı güzel? Haram mal tatlı olur derler ya?.. Ölmesin be! Yaşasın ulan!.. Ne ziyanı var? Parası var, sana da bakıyor... Ölmesin de, beni herkese oğlum, önceki karımdan oğlum, köyde yaşardı şimdiye kadar, çağırdım, gel, dedim, geldi, diye anlatsın..."

"Ne oldu be kadın? Açamadın bir türlü! Kör mü oldun!"

"Karanlık, bulamıyorum anahtar deliğini, ne yapayım."

"Lambayı yak bulamıyorsan, lambayı!"

"Doğru ya! Lambayı niye akıl edip açmıyorum ki? Bende akıl mı koydun geldiğin günden... Ay ne diyorum... Kapıyı öyle bir vurdun ki, bende akıl mı koydun, diyecektim."

"Daha konuşuyor ya!"

"Dur! Yaktım lambayı. Hah... şimdi açıyorum."

Kapıyı açtı, gördüğünde, önünde dikilip kaldı. Şaşkın, öyle donuk, baktı adamın yüzüne, üstüne başına. Dili tutulmuş gibi sessiz, soluksuz. Adam itti,

"Çekil! Daha kapıda duruyor," dedi bozuk bir sesle.

Kadın çekildi, adam girdi, holde durdu bir zaman, baktı kadına. Kadın arkasından gelmiş, yanına yaklaşmış, aynı korku, şaşkınlık karışımı bir ifadeyle bakıyordu adama, tek söz söylemeden.

"Öyle bakma, şofbeni yak çabuk, yıkanmam gerek!"

"Ne oldu?" dedi kadın, adamın söylediklerini sanki duymamıştı, "Bu halin ne?"

"Sorma! Hemen yıkanıp gitmem gerekiyor."

"Gitmen mi?.. Nereye?"

"Nereye?.. Bilmiyorum. Buradan, bu şehirden uzaklaşmam gerek. Nereye olursa, çabuk ol!"

Kadın sarıldı adama, aşağıya çekti.

"Ne yapıyorsun?"

Dinlemedi, yine çekti.

"Gel," dedi kadın, "gel içeriye. Ne oldu, anlat!"

"Adam bıçakladım, birahanede."

"Nee!.. Nasıl?"

"Sorma dedim! Su ısıt, bu üstümdekileri yak, kaçmam gerek, dedim."

"Tamam, tamam!" dedi kadın, banyoya koştu...

Yaşlı adam, gözünü tavana dikmiş, konuşmaları

anlamaya çalışıyordu. Ancak bir iki sözü duyabildi, o da seslerini yükselttiklerinde. Oydu, Cimşir! Oğlu! Oğlu mu?.. Yoksa öldürmek isteyip de öldüremediği bir düşman mı? Düşman!.. Oğul!.. Düşman!.. Oğul!.. Ne dedi?.. "Kaçmam gerek," dedi. Kaçak!.. Hayatlarından çıkacak. Burnunun dibinde... yanıp tutuştuğu, artık dokunmasına bile izin vermeyen kadını... Burnunun dibinde! Ona kaçacağını söyledi, doğru mu? Neden kaçıyor? Bir suç mu işledi? Şofbeni yak, dedi. Yıkanacağım, dedi. Yak bütün üstümdekileri, dedi... Ne oluyor?.. Neden yıkanacak? Yoksa gitmeden bir daha mı?.. Genç karısı!.. Bacağına, killı yumuşaklığına, göğüslerine dokumasına izin vermeyen karısı... Yine onun koynuna mı girecek? Oğlum, diye tanıttı herkese, oğlum! Yoksa yine kapının o yanında, halının üstünde, solukları odayı mı dolduracak?.. Kime anlatabilir? Kime oğlum karımla yatıyor, diyebilir? O zaman kabullenmekten başka çaresi var mı?.. Çaresi yok mu? Yok mu çaresi? Söyle, yüreğine sor, korkan yüreğine, sinen yüreğine!.. Aldın ya bıçağı! Korka korka, çarşıdan, satıcıya bir türlü ne istediğini anlatamadın. Sonunda aldın ya!.. Dana keseceğim, dedin adama. Sonra da yok yok, öküz, dedin öfkeyle. Bir hain öküzü keseceğim, dedin. Adam öfkenden, bakışlarından, sesinin tonundan anladı düşünceni, verdi. O zaman kabullenmekten başka çaren var mı? Bir kez de kendine gelse ya... Gelip koynuna girse. Nasıl da özledin kokusunu! O, önceleri yaptığı gibi yapsa, önceleri!.. Nasıl da başkaydı. Ya sonraları?.. Sonraları yavaş yavaş uzaklaştı. Daha Cimşir yoktu, gelmemişti. Gelip de seni kahvede bulmamıştı. Evine girip çıkmamıştı...

"Şofbeni yaktın mı?"

"Gel, yaktım."

Adam aceleyle girdi, üzerindeki kanlı giysileri çıkardı. Kadın ona bakıyordu, giysileri yerden alırken. Adam çıplak kaldığında yaklaştı, sarıldı, her yerini öpmeye başladı.

"Bırak! Ne yapıyorsun? Acele çıkmalıyım!"

"Seni sevmeden göndermem!"

Kadın hızla soyundu. Önce göbeği, o kışkırtan çukuru, sonra küçük göğüsleri çıktı meydana. Sonra her yanı, çırılçıplaklığı adamın aklını başından aldı.

"Ne olacaksa olsun!"

Çekti kadını kendine,

"Seni nasıl bırakıp gideceğim... Ben ne yaptım!"

Kadın:

"Gittiğin yere beni de götür."

"Gelir misin?"

"Seninle ölüme bile!"

"Biliyorum!"

"Sarıl bana!"

Banyodaki küçük yolluğun üzerine çöktüler...

Yaşlı adam yataktan kalktı, kapıya yürüdü. Ses yoktu. Kapıyı hafifçe araladı, banyonun ışığı yanıyordu. Mutfaktaki kalın saplı bıçağı düşündü, gizlediği yeri... Gidip almalıydı... Kapı sesi? İki kapıyı geçecekti. Duyulur muydu?.. Duyulurdu... Belki de bir tuzak peşindeydiler, sonra kaçacaklardı. Kendisine tuzak! Ölüm!.. Kendi ölümü! Salonun ortasında kanlı cesedini gördü, serilip kalmış... "Orospu!" dedi içinden, kapıyı kapattı. Bir süre öyle kapının ardında durdu. Ne yapacağına karar veremiyordu. Açıp salona çıksa mı? Bıçağı sakladığı yerden alsa, sonra bir cesaret, girse banyoya, bıçağı kaldırıp kaldırıp... Eli kapının koluna gitti, caydı. Ona kıyabilir miydi?.. Onun olmadığı dünyada yaşayabilir miydi?.. Gidip yatağa uzandı, kadını düşledi...

Birisi gelmiş, kahvede, masasına, öyle bakmıştı yüzüne. O zaman saçı sakalı birbirine karışmış, tam bir inziva halinde, dünyadan elini ayağını çekmiş biriydi. Kadını öleli bir yıldan fazla zaman geçmişti. Kahve köşelerinde pineklemekle, geceleri evinde baykuş gibi tek başına günleri tüketmekle geçiyordu ömrü. İki oğlu da Almanya'daydı. Annelerinin ölümüne gelmişler, birkaç gün sonra da çekip gitmişlerdi. Tek başına, bir damın altında, sahipsiz, kimsesiz kalmıştı.

İşte o birisi, adam bir kadın simsarıydı, o gelip oturmuştu masasına. Evlenmek isteyen, çoğu da bakıma muhtaç, eşi ölmüş, kimsesiz erkeklere bir kadın bulup evlendiriyordu. O kadınları parayla anasından babasından satın alıyordu. Nikâh kıyılmıyor, çoğu da geldikleri evlerde ziyan olup gidiyorlardı. Yaşlı koca ölüyor, kadın ya sokaklara düşüyor ya da hemen bir başkasına satılıyordu. Bunları duymuştu, adamın da bu işin simsarı olduğunu biliyordu.

"Bu iş böyle olmaz, bir dam altında yalnız ömür geçmez dayı. Ben bilirim yalnızın halini. Çaresini de yalnızca ben bulurum. Hem de nasıl istersen; ister yaşlı, orta yaşlı, istersen genç, güzelini... Oğlanların Almanya'da, söyle göndersinler parayı, sana kız alıyım, kız," dediğinde, adama bakıp kalmıştı, ağarmış saçı, sakalıyla. Masa boş kalmamış, çaylar gelmiş, boş bardaklar gitmiş, adam durmadan konuşmuştu. Akşam karanlığı bastırdığında anlaşmışlardı. Üç beş güne kadar yola çıkacaklardı. Nereye gidecekleri belliydi. Köy köy, kasaba kasaba biliyordu kadın simsarı gidecekleri yöreyi. Yeterince parası vardı, oğullarına haber vermeyecekti. Ne olur ne olmaz, duyarlarsa engel olmaya kalkarlardı. Kalktılar, birkaç gün sonra trene bindiler...

Dağ başında bir köydü, üç beş toprak damlı ev derenin yamacına konmuştu. Çocuklara, yaşlılara baktığında; çelimsizliği, zayıflığı; kısacası yoksulluğun en

133

koyusunu gördü onların yüzünde, gözlerinde. Kendisi de, mahallesinde oturanlar da öyle çok zengin, refah içinde değildiler. Ancak böylesi yüzleri, böylesi umutsuzca bakan gözleri ilk kez görüyordu. Kanı dondu, hiç konuşmadı. Köylüyle, karşılayanlarla kadın simsarı konuştu, sohbet etti. Sonra, simsar konuşurken kulağı bir sese takıldı. Uzakta, ince bir bir çocuk sesi, bir uzun havayı öylesine yanık söylüyordu ki, bütün düşüncelerinden sıyrılıp bu sese kulak verdi. "Ela geyik gibi boyun sallarsın." Sonrasını dinledi, kendini düşündü, evini... Köşk, saray değildi; eviydi, yalnız yaşadığı, içinde salınıp gezen bir can yoldaşının olmadığı ev. Acaba?.. Böyle bir hayatı yeniden kurabilecek miydi?..

Akşam, bir eve, isteyecekleri kızın babasının evine girdiklerinde, bu kez de yoksulluğun evlerde, odalarda nasıl olduğuna tanık oldu. Buyur edildiler, yere, kilimin üzerindeki yıpranmış mindere çöktüklerinde, kız ortada yoktu. Anası, babası bir de on beş yaşlarında erkek kardeşi vardı. Adamla kadının yaşını anlamak zordu. Yüzleri bir çaput gibi buruşmuş, yaşlarını tahmin etmek mümkün değildi. Bir insanın belki de ancak bu kadar yaşayabileceğini düşündü. Ancak bedenleri öyle değildi. Zayıf, çelimsiz ve daha genç. Öyle oturdular, bir süre kimse konuşmadı. Sonra, hoş geldiniz, dedi kızın babası. Anası konuşmuyordu, oğlan da kapıya yakın, sessizce ayaklarının dibine bakıyordu. Simsar söze girdi, işinin ehli olduğu zaman geçtikçe daha iyi anlaşıldı. Durmadan konuşuyordu, odadakiler de ağzı açık onu dinliyordu. Bu konuşmanın ortasında kapı açıldı. Kız, elinde bir tepsi çayla içeri girdiğinde, ilk kez bir başka duygu esip geçti üzerinden ve o anda, köye uymayan tek varlığın bu kız olduğunu düşündü. Yine o ses, uzun havayı bir başka ses tonuyla söyleyen ses, sanki onları takip etmişti, küçük pencereden içeriye girdi, kısa bir an sessizlik oldu, odadakiler dışarıdan gelen bu sızılı sesse kulak kabarttı. Sonra simsar kaldığı yerden konuşmasını sürdürdü...

Kıza baktı, giyimine, saçına başına, güzelliğine, şaşırıp kaldı. İçinden, "Bu söyleyen kızın sevdalısı olmasın?" diye geçirdi. Hemen unuttu bunu, kıza takıldı. Bir başka güzelliği vardı. Zaman ilerledikçe bu başkalığın sadece giyim kuşamla ilgili olmadığını, bunun, kadının kadınlığından geldiğini hisseti. Yanındaki simsarın kulağına eğildi, "Ben bununla başa çıkamam, doğru şey mi yaptığımız, istersen kalkalım," dedi. Adamın yüzü boza çaldı. "Sen delirdin mi," dedi. "İsteyecek olursa, böyle bir kız bırakılır mı burada? Dur bakalım hele. Bence kız istemeyecek, zaten iş olmayacak, bekle bir, acele etme."

Çayları yudumlarken, kızın babası anlattı...

Kız önceden biriyle evlenmiş. Adam genç yaşta kalp krizinden ölmüş. Kız dönmüş gelmiş evine. İyi ki çocuğu olmamış. Bir yıl sonra bir başka köye, bir delinin birine vermiş kızını. Bilmiyormuş tabii adamın huyunu suyunu önceden, nereden bilsin? Adam, götürdüğü günden, kız elinden kurtulup da babasının evine kaçtığı güne kadar kıza yapmadığını bırakmamış. Öyle şeyler yapmış ki kıza, akıl alır gibi değilmiş. Adam zalim, adam duygusuz bir adammış. Sanki evine kadın değil de bir düşman götürmüş. Düşmana bile bu eziyet yapılmaz. Bir erkek karısını döver de sever de. Ama bu adam kadını idareden düşürmüş, morarmamış, çürümemiş yerini bırakmamış. Öyle zulüm yapmış kıza. Ne istiyorsun el kadar körpeden be adi adam! İstemiyorsan bırak gelsin babasının evine. Önceleri bilmiyorlarmış, sonradan çıkmış ortaya, adam esrarkeşin biriymiş. Her türlü kötü ahlakın içinde bir adammış. Kız canını zor kurtarmış. Kız geldikten sonra adam kapıya dayanmış, karımı isterim, diye. İşte o zaman almış tüfeğini, çıkmış dışarı, ant içmiş, eğer kapımdan çekip gitmezsen, seni buracıkta öldüreceğim, demiş. İyi ki adam korkup gitmiş, yoksa şimdi cezaevinde olurmuş...

Adam bitirmiş konuşmasını, sözü yine simsar almış, bir gece öyle geçmiş. O gece köyde adamın bir akrabasının evinde kalmışlar. Ertesi günü konuşmalar kaldığı yerden sürmüş, simsar simsarlığını yapmış, adamı da, karısını da ikna etmiş, köyden kadınla ayrılmışlardı; hep kendiyle hesaplaşarak...

İşte bunca felaketi yaşayan kız, şimdi karısı olan Yeter! Karısı!.. Koşarak gelmişti yanında buraya, bu büyük kentin varoşlarındaki tek katlı, bahçeli evine. Nerdeyse buradaki evlerin hepsinden güzeldi evi. Oğulları Almanya'dan her gelişlerinde evi elden geçirmiş, banyosundan mutfağına, boyasına, kapı pencerelerine kadar yenilemiş, şirin mi şirin bir ev çıkarmışlardı ortaya. Yeter, bu eve gelmişti yanında, uzun zaman onun sokağa çıkmasına izin vermemişti. Kıskandığından değil, konu komşudan utandığından, bu yaşında gidip kızı yaşında bir kadını kendine eş olarak getirdiğinden utanıyordu. Ama komşu kadınlar dinler mi? Hemen gelmişler Yeter'i görmeye, kutlamaya. Yeter, ilk zamanlar, hatta ilk bir iki yıl ne kadar mutluydu evinde. Ona nasıl da özen gösterirdi; yemesine, içmesine, temizliğine... Bir tek oğulları karşı çıkmıştı. Biraz da ileriye gitmişlerdi, büyük oğlu kötü kötü konuşmuştu. Açıkça babasına, kadını gözünün tutmadığını söylemiş, tartışmanın bir yerinde, öfkeyle, "Bu kadın eninde sonunda seni boynuzlayacak!" deyince, gözleri kararmış, öfkeyle, "Defol çık evimden!" diye bağırmıştı. "İkiniz de defolun! Bir daha yanıma gelmeyin!" Bu sözlerin ardından bir daha gelmemek üzere çekip gitmişlerdi. Sonra Cimşir... Düşman! O gelmişti, köyden bir arkadaşıydı babası. O gelmişti, oğlu haklı çıkmıştı.

136

"Hey gidi günler," dedi yatakta, gözleri tavanda. "Neydim, ne oldum. Kim bilir daha ne olacağım?"

Sesler duydu, içeriden, sonra konuşmaları. Yine kalktı, kapıya dayadı kulağını.

"Hayır!.. Ben de geleceğim, seni bırakmam! Olmaz!"

"Nereye geleceksin? Benim gideceğim yer belli mi? Adam öldürdüm ben, adam! Polis şimdi damlar buraya. Yalnız gitmem lazım, çekil önümden!"

"Demin öyle demiyordun. Koynuna aldın mı her sözü veriyorsun!"

"Fazla konuşma! Bu elbiseleri yak. Hiçbir yerde kan izi kalmasın."

"İyi git o zaman. Yalnız git! Belki de bekleyenin var. Birahanede çalışan o orospulardan biri!"

"Saçmalama! Çekil şurdan! Hadi eyvallah, kapıyı çabuk kapat. Benim buraya geldiğimi kimse bilmesin, yoksa başın belaya girer, ona göre!"

Kapı açılıp kapandı. Kadın ardından:

"Allah belanı versin!.. Ne işler açtın başıma. Ben ne yapacağım şimdi?" diye söylendi, bir süre sonra sesi kesildi. Oraya, kapını ardına çöküp kalmıştı.

Adam, hemen uzaklaştı kapıdan, yatağa girdi, yorganı çekti başına. Birden, yüreğinin, yaşlanmış, yorgun düşmüş yüreğinin atışları hızlandı. Sevinci, karanlıkta nerdeyse yüzünde ışıyacaktı. Karanlıkta gülümsedi. Köyde duyduğu o uzun havanın bir dizesini anımsadı: "Bana derler niçin gülmez ağlarsın..." "Benim için söylenmiş, benim!" dedi, içinden. "Şimdi gülsem mi, ağlasam mı?" Gözleri doldu. "Sevinçten," diye düşündü. "Sevinçten!.. Nice zamandır ağlamamıştım, ağladım!"

Kapı usuldan açıldı, kadın bir gölgeydi, geldi, yatağına yöneldi, sonra vazgeçti, döndü, yerdeki adamın başucunda durdu. Eğildi ağırdan, yorganı bir ucundan kaldırdı, baktı adama alaca karanlıkta. Adam titredi. Kadının kokusunu çekti içine, gözkapaklarının ardında, geceliğin içinde dimdik duran göğüsleri gördü; sert beyaz bacağını... Yine titredi. Ağlayacaktı, kendini zor tuttu. Kadın yorganı kaldırdı, adamın yanına girdi...

EHMEDO LO

"*Ehmedo Ronî heyra*
Tu nemêrî ne heqîmî
Kuro gedê tu nemêrî ne hekîmî
Li bala dilê min evdala Xwêdê de
Tavî ji tavî ya biharê
Meha Gulan û Nîsan u Adar e
Li ser sing û berê min evdala Xwedê de
Ne dixwuricî ne dibarî
Ehmedo ..."
..."

Kürtçe Ağıt/Anonim

"*Ahmed'im aydınlığım*
Sen ne beysin ne de egemen
Oğul sen ne beysin ne de egemen
Allah'ın garibi ben
Gönlümün ilgi isteyen yönüne
Bir damla yağmurdun baharla gelen
Aylardan Mart, Nisan, Mayıs
Allah'ın garibi ben
Artık ne yağıyor
Ne de işitiliyor göğsümün üstünde gürlemen
Ehmedo...
..."

Kürtçeden çeviren: Hakan Minaz

Dayım Ali Yıldırım'ın anısına.

Köyün dışında, o başı dumanlı Kara Tap Dağı'yla ovanın arasına sıkışıp kalmış eski mezarlıkta, bir grup insan, yeni açılmış bir mezarın başında, mezar taşlarına benziyorlardı; duruşlarıyla, suskunluklarıyla.

Bir süre öyle sessiz durdular. Kimse, kimsenin yüzüne bakmadı. Sanki yüz yüze bakmaktan utanıyorlardı. Bakışları ayırt edilecek; gözlerdeki anlam sorgulanacak, ilişse gözleri birbirine, sorular gelecekti ardından, bakmıyorlardı; gözlere, yüzlere. Yere bakıyorlardı, açılmış çukura, yaş toprağa.

Az önce, sarıklı, uzun kara sakallı imam:

"Olmaz!.. Günahtır," dedi, öfkeyle. Kara sakalıyla, sert yüzüyle, öyle bir ses tonuyla konuştu ki, oradakiler donup kaldılar. Buyruğuna kimsenin karşı gelmeyeceğinden emin bir tonla devam etti: "Ölünün yanına eşya konulmaz! Olmaz, günahtır!"

Bundan sonra susup kaldılar.

"Olmazdı demek?.. Peki ne olacaktı şimdi?"

Bu sözü içinden, kefene sarılı, mezarda yatan, ince, uzun boylu kadının kocası söylüyordu. Peki şimdi, onun, o güzel, o boylu poslu karısının; yüreği sevgi dolu Zayde Hanım'ın vasiyeti ne olacaktı? Ölmeden önce dönüp dönüp tembihlediği isteği, vasiyeti?.. Ona, kocasına demişti ki: "Vasiyetimi yerine getirmezsen iki elim yakanda olur! Öbür dünyada yanıma yüzü kara gelirsin, yüzü kara! Seni o tarafta yanıma istemem!"

Ne olacaktı şimdi? Vasiyeti yerine gelmeyecek miydi?.. Olacak şey değildi. Hele işe bak, diyordu durmadan, içinden; bir kara sakallı imam şimdi buna engeldi! Ne yapacak, nasıl karşı gelecek?.. O, karısı hep söylemedi mi? Sanki biliyordu bugünün yaşanacağını, ona göre konuşmuştu. Yoksa imama sormuştu?.. Sormuştu da, ne olacağını biliyordu?.. Demek biliyordu ha?.. Biliyordu, kendisine bir şey dememişti. Dememişti, kocasını sınayacaktı demek!.. "Vay benim gönlü, yüreği güzel karım... Sınayacaksın ha?.. Olsun, sına. Hep sınanmadım mı ben, bu koca dünyada? Hep zor yüklenip sınanmadım mı?.. Sına!.. Giderken sen de sına. Keşke sana canın sağ olsun, istediğini yap diyebilseydim. Keşke canın, bir de, bir de... Ahmedo'nun canı sağ olsaydı... Olsaydı da ikiniz de beni hep sınasaydınız... Sağ olsaydı da beni, Hamit'i böyle boynu bükük koyup gitmeseydiniz... Gidiyorsun demek. Gidiyorsun beni bu kötü dünyada yalnız bırakıp ha!.."

Ah, bıraksalar şimdi, bıraksalar, ayağını bir ayak boyu atsa!.. Atsa mezara yuvarlanacak... Yuvarlansa şimdi, girip mezara, ona, o sevdiği kadının yanına... evet... uzansa yanına... "Örtün, örtün! Benim de üzerimi örtün! Bu üzüntüden beni de kurtarın!" dese... Dese de bütün bu acılardan kurtulsa. Acılar!.. Nice zamandır peşini bırakmayan... acılar...

"İzin verme," dememiş miydi? "Bu benim vasiyetimdir, unutma, yerine getir," dememiş miydi? Demişti tabii! Hem de defalarca demişti. "Yoksa öbür dünyada yüzüne bakmam!" da demişti.

Biliyordu ikisi de, biliyordu bugünlerin yaşanacağını. Onun içindi şimdi yaşadığı büyük hesaplaşma. Bu yüzdendir ne yapacağını bilemiyor ilkin. Önceden böyle düşünmemişti. Karşı çıkardı sanıyordu. Ama şimdi?.. Şimdi neden böyle takatten düştü? Neden böyle birden hayattan bıktı, usandı? Didişecek hali yok. Şimdi, şu çukurun içinde gözleri...

Mezarın başında dikilenler; köylüleri, amca çocukları, yeğenleri, onlar; kara yüzlüler!.. Gözleri ondan uzak, bakışları ayaklarının dibinde, ne diyeceğini, sakallı imama ne diyeceğini bekliyorlar. Ondan bekliyorlar! İstek... Yengenin, o güzel yengenin isteği öyle yerine getirilmeyecek, dünyada olmazsa olmaz bir istek miydi?.. Ne demişti? Hem de son nefesine kadar, bu dağlara, bu düz, boz ovaya bakıp, yol gözleyerek, ne demişti? Yastığının altından o kanlı gömleği çıkarıp da... yüzüne sürüp, koklayıp, gözyaşlarını akıtıp da ne demişti?

"Beni gömdüğünüzde, bunu, oğlumun gömleğini yanıma koyun."

Sonra, bir zaman sonra vasiyetini değiştirmiş, şöyle demişti:

"Yok yok! Göğsüme örtün, göğsüme. Kollarımı da üstüne, kucaklar gibi koyun."

Tek isteği buydu. Kanlı gömlek! Oğlundan kalan tek nişane, tek hatıra, o güne dair; bu hayattan koptuğu, bir dal gibi, "çıt", diye koptuğu günden kalan tek hatıra. Bununla, bu gömlekle gömülmeyi istediği kadar, yaşamı boyunca böylesine yakıcı bir isteği hiçbir zaman olmadı. Ne vardı bunda? Oğlunu bulamadı ki. Kimse bulamadı. Ne dirisini, ne de ölüsünü. Ahmed!.. Ahmedo!.. Küçük oğlu... Yanık lavikeler söyleyen, sesi Kara Tap'ın, kara taşlarında çınlayan bebeği, "kuro"su... Hamit'in küçüğü, deli dolu Ahmedo. Yelesi boynundan sarkan kırmızı taya binip, Kara Tap'ın dibindeki taş eve sürüp giden, söylediği aşk türküleriyle, o biricik kıza sevdasını dillendiren Ahmedo... Sevdalısı, sarı saçlı kız. Bilmediğini sanıyordu, ama bilmez mi, ana o, bilmez mi?.. Biliyordu tabii... Ama bir engel vardı. Daha bekleyecekti. Sırasını bekleyecekti. Önce Hamit... Önce o evlenmeliydi. Sonra sevdasını dillendirirdi. Ama işte ağabeysinde de bir hareket yoktu ki. Varsa yoksa koyunlar, kuzular... Görüyorlardı, evlenmeyi dü-

143

şündüğü yoktu. Babasıyla, akşama kadar koyunun için- de, onları severek, okşayarak, kuzuların büyümesini, hastalıksız, sorunsuz büyümesini izleyerek yaşayıp gi- diyordu. Sarı saçlı kız! Ramo'nun biricik kızı, (bir kızı vardı) Ayşeşan! Bekleye dursun... Irak radyosunda se- sine doyamadığı, Kürtçe türküleri en güzel söyleyen bir kadın vardı, babası onun adını koymuştu kızına: Ayşeşan!.. Bir de Erivan radyosunda sık sık çalınan o ağıt, "Ehmedo lo!" Ayşeşan çok severmiş bu ağıtı. Söy- letirmiş oğluna. Ehmedo lo!..

Şimdi işte orada, mezarın başında Hamit başladı söylemeye. Sanki duydu içinden geçenleri. İşte başla- dı, bütün ayaktakilerin, iki dizinin üzerine çökmüşle- rin tüyleri diken diken oldu. Nasıl da yanık söylüyor... "Ehmedo Ronî heyra tu nemêrî ne heqîmî... Ehmedo lo..." Gözlerinden süzülen yaşlar Ahmedo lo'yla sel olup akıyor...

Yayladaydılar haber geldiğinde. Önce jandarmalar gelip Hamit'le birlikte onu da götürdüler. Hamit'i tut- tular, onu serbest bıraktılar. "Git," dediler. "Evini koru. Evini örgüt kullanmış. Küçük oğlunu biz de aradık, bu- lamadık. Bir gömleği var karakolda. Başka hiçbir şeyi yok. Ama örgüt evi hastane olarak kullanmış. Çatışma- da yaralanan adamlarını senin evinde tedavi ediyorlar- mış. Evin, köyün dışında olduğu için senin evini seç- mişler. Epey zaman kullanmışlar, sonra da terk etmiş- ler. Jandarma evinde bir gömlek bulmuş, kanlı gömlek. Belki de oğlun örgütle gitmediğinden, onlara katılmak istemediği için öldürülmüştür. Hamit bir süre bizimle kalacak. Ona bazı sorular soracağız. Kalacak biraz."

Öyle bakmıştı komutanın yüzüne. Sonra, "O bir şey bilmez kumandan bey," demişti. Devam etmişti yalvaran bir yüzle: "Onun işi gücü yalnızca hayvanlar- dır. Koyunlara bakar, kendi hayvanımıza çobanlık eder, başka şey bilmez... Anası harap oldu zaten. Bak gelmiş, kapıda... perişan... Hamit'e kötü davranmayın, o bir şey bilmez kumandan bey."

"Bir şey olmaz, olmaz. Bir süre, belli değil şimdi, bir şey diyemem. Sorular soracağız sadece. Siz gidin, merak etmeyin."

Çıkmıştı, kapıda gördüğü kadın, bildiği kadın değildi. Sanki sürünerek gelmişti. Sanki dünyanın sonu gelmişti onun için. Gözleri faltaşıydı. Gitmiş, kolundan tutmuş, çöktüğü kaldırım taşından kaldırmıştı.

"Yürü," demişti yalnızca, yürümüşlerdi.

Köye varışlarını, evini uzaktan gördüğü günü, duvarların delik deşik halini, eve girişlerini; bir de karakoldan aldıkları buruşmuş bir naylon torbayı hafifçe aralayıp içine önce kendisinin, sonra da karısının baktığı anı, o günü, ölüp de toprak üzerine örtüldüğünde ancak bir daha düşünmeyeceğini, hatırlamayacağını söylemişti karısı, güzel karısı. Ehmedo'nun annesi. Öyle oldu. İşte şimdi, karısı öldü, onun için bitti. "Ya benim için?" Devam ediyor...

"Ehmedo lo!"

Köyde üç gün kalmışlardı. Üç gün boyunca köylüleri, akrabaları çatışmayı anlatmışlardı. Oğluna ne olduğunu, nereye gittiğini bilen, gören yoktu. Kimi örgütle gitti diyordu, kimi çatışmada öldürüldü, cesedini arkadaşları götürdü, kim bilir hangi taşın dibine gömdüler? Bazıları da, örgütle gitmek istemedi, öldürdüler, cesedini yine bir bilinmeze koydular, diyordu.

İçinde kanlı gömleğin olduğu torbayı karısı sıkı sıkı göğsüne bastırmıştı yaylaya doğru yola çıktıklarında. Üç gün üç gece konuşulanlar, anlatılanlar kulaklarında çınlayıp durdu yol boyu, akıllarının bir yanında da Hamit. Ne oldu acaba, bıraktılar mı? Başına bir iş gelmesin?

Döndüler yaylaya, Hamit'in, solgun yüzüyle, düşünceli haliyle karşılaştılar. Yüzüne baktı oğlunun, saçlarını okşadı. Korkuyu gördü gözlerinde; ona geçen, delip geçen korkuyu. Çare düşündü. Hemen dönmeliydiler, ne olacaksa olsun, durmadan, yarından tezi yok dönmeliydiler; çadırları söküp, denkleri kurup, evin, köyün yolunu tutmalıydılar.

Döndüler. Bir çoban tuttu, koyunları o götürdü kıra, otlatmaya. Hamit günlerce suskun kaldı. Karısı, Zayde Hanım, gömleği, Ahmed'in kanlı gömleğini önüne koyup ağladı gece gündüz. Komşuları; kadınlar, kızlar zorla elinden alıp sandığa koydular, bu kez gözü sandıkta ağladı. Gelen, giden eksik olmadı günlerce. Başka köylerden, aşiretlerden, dağ köylerinden akın akın baş sağlığına geldiler, kadının acısı her gün daha da artarak büyüdü.

Hamit, annesinin yaktığı ağıtları uzaktan, tek söz demeden, gözlerinden akan yaşlarla dinledi, sustu. Sonra, aradan günler, aylar geçtikten sonra bir gün, "Baba..." dedi, " baba, soyadımızı değiştirelim. Değiştirelim, baba."

"Tamam oğul," dedi yalnızca, soru sormadı.

Bir gün şehirden köye dönerken, kimlik kontrolünde bir askerle tartıştı. Askerin, "Çok mu aradın bu soyadını amca?" demesine kızdı, ertesi günü bir istidacıya dilekçe yazdırıp mahkeme kalemine verdi. Fazla sürmedi, bir süre sonra celp geldi, mahkemeye gitti. Burada, hâkime verdiği savunma sonraları köyde çok konuşuldu.

Mahkemede, hâkim bir süre yüzüne bakmış, sonra da sormuştu:

"İhtiyar, neden soyadını değiştirmek istiyorsun?"

İçinden, demişti ki, şimdi ben sana desem hâkim bey, siz de bilirsiniz, neden değiştirdiğimi, ama yine de hinliğine sorarsınız. Görmüyorsun, benim soyadımın kimin adına benziyor hâkim bey? Evet, o örgütle aynı işte soyadım. Bundandır başımıza gelmedik kalmadı. Fakat şaşırmışım ben bu işe hâkim bey... Şaşırmışım ki hem de nice... Belki de diyeceksin, peki bu örgüt senin soyadını nerden buldu, kendine ad yaptı? Aslına bakarsan benim soyadım Dikko idi hâkim bey. Ama o zaman sersem memur böyle yanlış yazmış. İşte yazmış, başımız beladan kurtulmamış. Belki de gene diyeceksin, o nerden bilsin, sonradan bir örgüt kendine ad arayacak, senin soyadını bulup koyacak, nereden bilsin? Olmuş işte...

"Soruma cevap vermedin, ne düşünüyorsun?"

Bu sözler aklında, hâkime o da baktı bir kısa zaman, bu ara düşündü ne diyeceğini, sonra da:

"Hesabıma gelmedi hâkim bey," dedi.

Hâkim:

"Nasıl hesabına gelmedi?"

Aslında hâkim de biliyordu bu soyadın kimin adına benzediğini. Fakat, gözlerindeki sıcak bakış da onu ele veriyordu. Karşısındaki bu saf, temiz adamla, biraz daha sohbet etmek istiyordu, belli.

"Gelmedi işte hâkim bey."

Hâkim gülümsedi, sevecen bir sıcaklıkla. Sonra da:

"Aferin sana ihtiyar!" dedi.

Şaşırıp kaldı. Acaba alay mı ediyordu, yoksa gerçekten övgü sözleri miydi bunlar, anlayamadı. "Herkesin gözünde ihtiyar oldum," diye düşündü, "Bir Zayde hariç. O bana diyor, sen aha bu gençlerin hepsinden daha gençsin. Bakma söyleyenlere, gelip de bana sorsunlar bakıyım kim ihtiyarmış, kim gençmiş, aldırma..."

Bu kez hâkim yine sordu:

"Peki soyadının ne olmasını istiyorsun?"

"Ben düşündüm hâkim bey... En iyisi çiçek olsun, çiçek. Hiç kimse çiçeğe kızmaz."

Savcı, kalemdeki kadın, duruşmayı izleyenler gülüşlerine engel olamadılar; kimi sesli, kimi sessiz güldü; bir anda mahkemenin asık yüzü değişti. Hâkim gülümsedi, gülüşü dudaklarında, yine ona:

"Peki... Bence de çiçek en güzel ad. Senin soyadın çiçek olsun... Kızım yaz!.."

Öyle bakıyordu, hâkime, daktiloda yazan kıza, düşünüyordu, neden güldüler? Bunda gülecek ne vardı?.. Yaşadılar mı onun ailesinin yaşadıklarını? Yaşasaydılar, çok azını yaşasaydılar, yine de gülebilir miydiler?.. Gülemezdiler. Kendisi gibi, yüreği gibi, kanlı gömleği koklamaktan, gözyaşı dökmekten hiç vazgeçmeyen karısı gibi; gülmeyi unuturlardı...

Yağmur damlaları yüzüne art arda vurunca kendine geldi, mezarın başındaydı. Bütün bunlar yaşanmıştı. Bir düş gibi, bir karabasan gibi yaşanmıştı. İşte kulaklarında karısının o sözleri... Yeniden yeniden söylüyordu. "Yanıma göm... gömleği... üzerime ört!"

Yürüdü, imamı itti var gücüyle, adam az kalsın mezara yuvarlanacaktı. Tabutun üzerinden gömleği aldı, girdi mezara, karısının üzerine örttü.

"Örtün üstünü!" dedi.

Küreklerin, toprağın sesi yağmurun sesine karıştı. Sanki o anda, mezarın başında bekleyenler, müjdeli, güzel bir haber aldılar; güzel yaşama, gelecek günlere, güzelliğe dair, içleri ferahladı; kimi kürekle, kimi de eliyle toprağı mezara sürmeye koyuldu. İmam söylenerek, öfkeyle ayrıldı oradan. Hamit, ağıda yeniden başladı: "Ahmedo lo... lo lo..."

HASAN ÖZKILIÇ
Şerul'da Beklemek

*"Erkekleri inşaatlarda, tarlalarda karın tokluğu-
na çalışmaya gittiler; kadınları, kızları bara, pav-
yona, sokağa, kendilerini satmaya. Allı kırmızı
gittiler kadınlar, bütün Şerul biliyordu gittikleri
yerde kendilerini sattıklarını; bilmezden geliyor-
du. Akılları almıyordu olanları. Geçmiş çok uzak-
larda kalmıştı."*

Aras Nehri, Türkiye-Ermenistan sınırı, sınırın iki
yakasında vahşi bir doğanın ortasında kalmış, ya-
şam biçimleri, yazgıları ortak insanlar... Yalın, yer
yer şiirsel bir dille, duyarlı bir bakışla, sürükleyen
bir tempoyla yazılmış bu öykülerde Hasan Öz-
kılıç, Doğu'nun ıssız, karlı ovalarında, acılı insan-
larının arasında, farklı coğrafyalarda dolaştırıyor okurunu. Trajik öğe-
lerle yüklü, içtenlikle yazılmış öykülerindeki duyarlılığı okura da taşıyor.
Hasan Özkılıç'ın şaşırtıcı üslubu ve etkileyici anlatımıyla tanıştığımız *Şe-
rul'da Beklemek*, on üç öyküden oluşuyor.

HASAN ÖZKILIÇ
Orada Yollarda

Hasan Özkılıç, *Orada Yollarda* ile okurunu yine Doğu'nun zorlu coğrafyasına götürüyor. Doğu kentleri Özkılıç'ın öykülerinde belki eski gizemini çoktan yitirmiş, kimlik kaybına uğramış, ama birer hikâye kovanı olma özelliğini hep sürdürmüştür. Tıpkı bu kitaptaki kahramanların sık sık uğradığı "BirahaneBar" gibi, birbirinden farklı insanların toplaştığı, farklı hikâyelerin yaşandığı kentlerdir bunlar. Özkılıç, yaşamın içinden seçtiği öykülerini gerçekçi bir dille anlatıyor. Ayrıntıların aktarılmasında, kişilerin psikolojik derinliklerinin gösterilmesinde kendine özgü üslubunu başarıyla sürdürüyor. Aşk, ölüm, umutsuzluk, umut bu öykülerde başarıyla harmanlanıyor. *Orada Yollarda* Doğu'nun gizemli, çekici, ama bir o kadar da trajik dünyasına bir yolculuk.

Tüm kitaplarımızla ilgili
ayrıntılı bilgi için:
www.canyayinlari.com